甘いお酒でうがい

川嶋佳子
（シソンヌじろう）

目次

本書は、フィーチャーフォンサイト「ライブよしもと」とスマートフォンサイト「ケータイよしもと」にて、2012年6月から2013年10月まで連載された「川嶋佳子の『甘いお酒でうがい』」に加筆・修正したものです。P201～218の「2015年9月、10月」は書き下ろしです。

2012年6月

「6／15（金）」


半分過ぎた。1年の。

ほとんどの人が、もう半年経ったのか。とか、1年ってあっという間ね、って言う。時間が経つのを惜しいと思ってる。なんだか後ろ向き。

私も後ろ向きで歩いてる。

ぶつかるまで気が付かない。

ぶつかってからごめんなさい。


「6／16（土）」


結婚するわけでもないのにジューンブライド。

雨に感情を左右される。

結婚したかったな、って思うことは今でもある。

結婚って何？

お酒を飲みながら自問自答。

［6／17（日）］

日曜日。

日曜日が一番好き。

自転車が撤去されないから。

久しぶりにスーパーに行ってみたら、小さな子供を連れて買い物をしている若い男性がいた。

色々考える…。

男性からちょっと離れて歩いているその子にアボカドを見せたらニコっと笑ってパパー、って走って行った。

心の中で言ってやった。

ママですよ。

ママなもんか。

［6／18（月）］

月に3をかけたら日にちになる。

無意識のかけ算。

お給料日まで1週間、ってことに気付いた自分がちょっと嫌になる。

［6／19（火）］

傘をささないで仕事へ。
濡れたい日もある、夜もある…。
25日から新しい人が入るらしい。
転校してばかりだったから誰かを迎え入れることに慣れてない。
私が転校して来た時、みんなどう思ってたんだろう。
今の私の感情と同じであって欲しい。

楽しみ。

［6／20（水）］

テレビを見てたら自殺のニュース。
自殺する勇気があったら何でもできる。
だから私はまだ生きてる。
歩いてる。
後ろ歩きだけど。

［6／21（木）］

帰りの電車。
一人でぶつぶつ喋ってるおじさんがいた。
心の中で会話の相手をしてあげた。
おじさん。一人じゃないよ。

［6／22（金）］

今日は金曜日。
月水金よりは火木土の方が好き。
月水金が偶数で、火木土、が奇数のイメージ。
これってみんな一緒かな。

［6／23（土）］

新しい仕事でも始めてみようかと思ってなんとなく街をうろうろ。
その途中で職場に新しい人が来ることを思い出す。
自然と足が家の方へ。
楽しみみたい。
久しぶりに自分のことが可愛く思えた。

［6／24（日）］

月曜日から金曜日まで働きたい週とそうじゃない週がある。
来週は多分働きたい週。
週の頭って月曜日?日曜日?
未だにわからない。

［6／25（月）］

職場に新しい人が入ってきた。
男の子。28歳。内村君。
おとなしそう。
彼女は?と若林ちゃんが聞いていた。嫌いじゃない図々しさ。
いませんって。
どんな子がタイプなの?ってまた若林ちゃんが聞いたら、
ちょっと悩んで、
手羽先をきれいに食べる子、って。

恋の予感。

［6／26（火）］

朝に書いてみる。
内村君が夢に出てきた。
行ってきます。

［6／26（火）］

夜も書いてみる。
内村君と話した。
バカみたい。
浮かれてる。
20代の頃、おばさんになっても恋とかするのかな、ってずっと疑問だった。
答え。する。
多分死ぬまでするんだろうな。
お酒に眠らせてもらお。

［6／27（水）］

学生の頃の感覚を思い出す。

好きな人がいる、ってこんなに楽しかったんだ。
内村君と別にどうこうならなくてもいい。
現状維持。
この年になってそれが一番の幸せだってわかってきた。
現実。
飲み過ぎたかも。

［6／30（土）］

木曜日も金曜日も姿を見せなかった。
電話にも出ないみたい。
辞めちゃったかな。

2012年7月

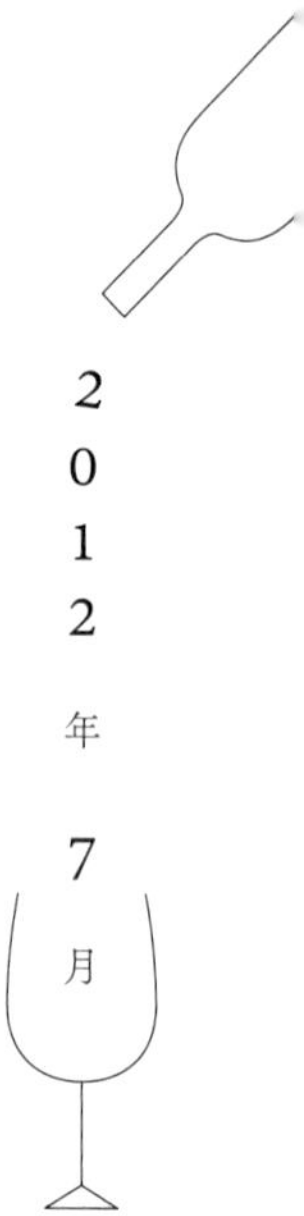

［7／1（日）］

今日から7月。
夏は嫌い。
夏も私のことは嫌いだと思う。
相思相愛。の逆。
内村君は辞めたみたい。
何が嫌だったのかな。
3日で来なくなったってことは、
全部嫌だったんだろうな。
手羽先食べるとこ、見て欲しかった。
淡い恋。なんていいもんじゃないか。

［7／2（月）］

鏡に映る私と、他人の目に映る私って、同じなのかな。

小さい頃からの疑問。

［7／3（火）］

冷蔵庫の奥から飲み忘れていた牛乳。
開けて見たらヨーグルト状態。
そのまま捨てるのも可哀想だから、手にかけながら捨ててみた。
新感覚。
病み付きになりそう。
病み付き。字がいい。

［7／4（水）］

今日はお休み。
アメリカの独立記念日は休みにするって決めてる。
日本の建国記念日もわかってないのに。
アメリカが好き。
私なりに独立記念日を祝ってみる。
七面鳥の丸焼きを見るとレシーブする時の手を思い出す。

私だけ？

［7／5（木）］

変化が必要。
そう思って仕事終わりでいつもと逆方向の電車に乗ってみた。
ただただ後悔。
時間返して。
これも変化なのかな。

［7／6（金）］

海に行きたい。夜の海。
真っ暗で何も見えない。
聞こえるのは波の音だけ。
死っていうものが一番近くに感じられる。
年に一回、確認だけしに行く。
人生に未練があるのかないのか。

［7／7（土）］

七夕。
近所の保育園に短冊が飾ってあった。
どんな願い事書いてあったのかな。
願うことよりも諦めることの方が大切、ってことにいつか気付く。

［7／8（日）］

家に帰ってきたら絶対にただいま、って言うことにしてる。
おかえり、って言ってくれる人がいるわけでもないのに。
何年も言い続けてたらいつか、
おかえり、
って返ってくるかな。
もし返ってきたら、私はきっとこう言う。

…誰？

［7／9（月）］

久しぶりに服を買ってみた。

2012年 7月

真っ赤なワンピース。
牛も向かってきそうな赤。
自分が手を出すことのない色の服を買うきっかけをくれた人って何人かいる。
赤はあの人を思い出す。
鏡の自分に言ってみた。
オーレ。
何言ってんだろ。
甘いお酒でうがい。

［7／10（火）］

26年前の今日、人生で初めて「ざまぁみろ」って言われた。
忘れもしない音楽室。
その子の肩越しに見えたカーリーヘアーの作曲家の肖像画が、
その瞬間ニヤっと笑った気がした。
後にも先にもあの1回だけ。

私が言う1回は取っておいてある。

［7／11（水）］

よく鏡に映る自分に話しかけてみる。
おはよう。
いってきます。
ただいま。
おやすみ。
今日は向こうからおやすみ、って言ってくれた気がした。
気のせい？
おやすみ。

［7／12（木）］

コンビニなんかで買い物をしてお釣りを受け取る時、
レジの店員さんの手にわざと触れる時がある。
今日は触れるどころか、ちょっと握ってみた。
高校生くらいの男の子だった。

しばらく固まって、手をスッと引き抜いた。
何が起きたのかわからない顔してた。
無知ゆえのあの表情。
可愛かった。
いろんなことを知り過ぎた私に、
あの表情はもうできない。

［7／13（金）］

会社の若い子達が、
「今日13日の金曜日だね。」って言ってた。
私にとっては29日の木曜日の方が恐怖。
今の時代、昔ほど野良犬っていないから同じ目に遭う人もいないと思うけど。

［7／14（土）］

お昼。裸に近い状態で部屋をうろうろ。
赤ワイン飲んでる。

［7／15（日）］

白よりは赤。色もワインも。

太ももに蚊。

お前も赤ワイン飲みたいんだね。

酔っぱらったのかな、太ももからふらふらふら〜って飛び立った。

今日は殺さないでおいてあげる。


自転車が撤去された。

日曜日に撤去されたことは今までに一度もなかったのに。

私が日曜日には撤去されない、という情報を握ってるのを知って、
敢えて日曜日に私の自転車だけを狙って撤去したのかもしれない。

そんな訳はない、って思う人がほとんどだと思う。

国の力を侮っちゃダメ。

当たり前に起こる事象を、当たり前の事、として捉え始めたら終わりだと私は思ってる。

自転車は絶対に取り戻す。

［7／16（月）］

何気なくテレビを見る。
何気なく、でしか見ていない。
あんな端正な顔立ちの男女の恋物語、誰が見たいの？
そう思いつつも結局毎週見て、やきもきする。
自分を客観視できてる分まだチャンスがある、と思っている。
何かに夢中になりたいな。

［7／17（火）］

女性にしかティッシュを配らない人達が何で私には配らないのか知りたい。

［7／18（水）］

無意識にレジ横のジャンボフランクの前に立ち止まっていることがある。
買うまでもないか。
食べ物として見ているのか、異性の象徴として見ているのか。
無意識の自分に聞いてみないとわからない。

何言ってんだろ。

寝るね。

［7／19（木）］

帰りの電車に外人さんが沢山乗ってた。

外国人の観光客を見ると、私はあなたよりこの国を知っている、という優越感に浸れる。

あなたの目に日本はどう映ってる？

あなたの目で今の日本が見てみたい。

［7／20（金）］

降ったり止んだりの雨。

嘘のような涼しさ。

10月みたい。

何気なく書いたけど、私の中の10月って相当いいイメージみたい。

無意識の自分に気付かされる。

［7／21（土）］

自転車を取り戻しに行った。
約1週間ぶりに対面した自転車。
思わず抱きしめたくなった。
ベルを鳴らしたら、いつもより嬉しそうな音色。
帰り道、何度も鳴らしたら犬に吠えられた。
ちりん。
わん。
どっちも語尾が、ん。

［7／22（日）］

日曜日はなんでか着信を無視してしまう。
自分でもわからない。
日曜日は一人でいたい。
日曜日だけ記憶から私のことを消して欲しい。
今だけ？
うん。

今だけ。

［7／23（月）］

会社でいつも座っている椅子が壊れた。
なんだろ。すごく悲しかった。
靴紐が切れた経験はないけど、
これも不吉な出来事を予兆しているのかな。
何が起こるかはわからなくてもいいけど、
度合いだけは教えて欲しい。

［7／24（火）］

新しい発見があった。
スースーするお菓子を食べた後にお水を飲むと、すごく冷たく感じる。
当分病み付きになりそう。

［7／25（水）］

会社終わりで若林ちゃんが飲みに誘ってくれた。
最近見つけたっていう居酒屋さんへ。

店長さんがイケメンらしい。

イケメン、なんて口に出すのも恥ずかしい。

若林ちゃんのこういうことに対してのどん欲さ?センサーみたいなものにはほんと感心する。

そんなにいい男ではなかったけど、若林ちゃんが誘ってくれるならまた行こうかな。

［7／26（木）］

暑い、って言わないようにしている。

子供の頃、今日みたいな日に暑い暑い言いながら母とお出かけをしていたら、母が「暑い、って1回言う毎に10円ね。」と笑いながら言ってきた。

母が仕掛けてくるそういうゲーム的なものが私は大好きだった。

でもその日は買い物終わりで630円を請求された。

その日から、私は我慢することを知った。

［7／27（金）］

お経が好き。
夏場は流したまま寝たりする。
ずっと聴いてるとヒーリングミュージックみたいに聞こえてくる。
お化けなんていないと思ってるし、たまに夜中に目が覚めた時に
ちょっと怖い思いをするだけ。

［7／28（土）］

新しいヒールを買った。
新しいヒールは雨が降った次の日に履くのが私のルール。
ぬかるみに沈んでいくあの感覚が堪らなく好き。
ぬかるみの上で試着できる靴屋さん、あったら行くのに。
雨降らないかな。

［7／29（日）］

不吉な予兆が当たった。
また自転車を撤去された。しかも日曜日に。
もっと危機感を持って生活をしなさい、っていうメッセージと捉える

ことにする。
自分の周りに起きる出来事には全部意味がある。

［7／30（月）］

帰りの電車でずっと男女の会話を聞いていた。
どんな音楽聴くの？って男の子が。
私にはわからない名前を女の子が沢山挙げていた。
速そうな車みたいな名前ばっかりだった。
うるさいのも静かなのも聴く、
でよくない？

［7／31（火）］

世間はオリンピック一色。
会社もその話題で持ち切り。
体操に内村君て選手がいるらしい。
内村君、今頃何してるかな。
今日私が内村君の存在を思い出したことにも、何かしらの意味があるのかもしれない…。

2012年 7月

2012年8月

［8／1（水）］

今日から8月だね、って色んな人から8回言われた。

じゃあ1ケ月後には9月だね、って心の中で返してあげた。

その程度のこと。

［8／2（木）］

自転車が撤去されてるから今日も駅まで徒歩。

いつも通っている道なのに、歩きに変えただけで今まで気が付かなかったものが色々と目に飛び込んでくる。

てことは、歩くことによって私のことを初めて認識した人たちもきっといるってこと。

なんか恥ずかしい。

［8／3（金）］

電車で隣に立ってた人のヘッドホンから流れてくるシャカシャカ音が、

お母さんがお米をとぐ時の音とリズムと全く同じだった。
お母さんの曲だったのかな。
シャカシャカシャッ。シャカシャカシャッ。
色んな人のお母さんの、お米をとぐリズムが知りたい。

［8／4（土）］

最近お母さんのことばっかり考えてしまう。
夏がそうさせるのかな。
今はいないお母さん。
お母さん、って呼ばれるのってどんな気分なのかな。
新聞紙を広げて、その上で白髪を抜くお母さんの姿が好きだった。
あのお母さんの姿を思い出しながら、私もたまに抜いてみる。
新聞紙ってあんな匂いするんだね。
お母さんもきっと同じ匂いを嗅いでたんだろうなぁ。
ダメ。涙もろい。
年取ったな。

2012年 8月

［8／5（日）］

自転車を取りに行ったらおじさんによく来るね、って言われた。
あなたもよく撤去するわね、って思わず口から出てしまった。
そしたら、いや私はここにいるだけで撤去するのは違う人なんだよ、って。
ふーん。
自転車に一週間ぶりに会えた。
ベルを鳴らそうと思ったら、なくなってた。
おじさんのことなんかどうでもよくなってた。
こんな思いさせるなら、
もう自転車は乗らない。

［8／6（月）］

今週はお酒を飲むって決めた。
毎日汗だく。
コンビニで買った缶チューハイも家に着く頃には汗だくになってる。
お前にもシャワー浴びさせてあげるからね。

［8／7（火）］

蝉の死骸を踏んじゃった。
ぱりぱりぱりって。
死に方としては悪くないんじゃない？
精一杯鳴いた？
私は泣くこともなくなった。
酔ってる。
おやすみ。

［8／8（水）］

年に何日か、マンホールの上を歩くのが無性に怖い日がある。
今日がその日だった。
私の中のこの危機感がなくなった時。
罠にかかる時だと思う。

［8／9（木）］

若林ちゃんにビアガーデンに誘われた。
またいるの？って聞いたら、イケメンがですか？って。

私が頷いたら、満面の笑みで、はい、って。
彼女が羨ましい。
きっといい親御さんに育てられて、いいお友達に恵まれたんだろうな。
ビアガーデンのイケメンは、まさかの外国人だった。
また誘ってね。若林ちゃん。

［8／10（金）］

お風呂に入りながらイケメンって言う練習。
何百回か言ってるうちになんとなく言えるような気がしてきた。
この年になって今まで一度も発したことのない日本語を発するのって刺激的。
イケメン。イケメン。イケメン。
素っ気ない字の組み合わせなのにね。

［8／11（土）］

今日から夏休み。
きっとどこにも行かない。

夜の海にでも行ってみようかな。
吸い込まれそうな黒。
なんだろ。 花火しながら騒ぐ若い子たちの声が聞きたい。

［8／12（日）］

お酒を買いに外に出たら近所でお祭り。
来るつもりじゃなかったんだからね、って言い聞かせながらぶらぶら。
浴衣姿の女の子と下駄でぎこちなく歩く男の子が可愛かった。
好き合ってるんだろうな。
今夜一つにおなりなさい。
SEXしないと相手のことなんて何もわからないの。

［8／13（月）］

普段出かけることのない時間に外をお散歩。
平日のお昼ってなんかいい。
ママさん自転車に乗りながら怒っている女性を見た。
後ろに乗せている子供を怒ってるんだろうなと思ったら、

誰も乗せてなかった。
可笑しかった。
私でよかったら乗ったのに。

［8／14（火）］

お昼過ぎまでごろごろ。
今の部屋の天井をあんなに長い時間眺めていたの初めて。
天井の升目を使って一人チェス。
ルールなんて知らないけど。
チェックメイト。
一度は言ってみたい言葉。

［8／15（水）］

今日から仕事だった。
誰かがおならをしたら、みんな一斉に私の方を見た。
私一度でもおならしたことあった…？
結局誰かわからず仕舞いだった。

帰り際に課長が、犯人誰だったんだろうね？って楽しそうに言ってた。
犯人、っていう呼び方がすごく気に入らなかった。

あなたの周りの人間が不幸になりますように。
あ、私と若林ちゃんは外して。

［8／16（木）］

月に2をかけたら日にちになる日。
自分の中で一番しっくりくるのは6月12日。
次は9月18日。
8月16日は…4番目くらいかな。

［8／17（金）］

風邪をひいた。
夏風邪、昔はほんとに嫌いだった。
自分が弱いって思われる気がして。
今は自分の弱さがちょっと愛おしかったりもする。

［8／18（土）］

昔からの数少ない友人の誕生日。
おめでとう、とメールを送ったらすぐに返ってきた。
送信先は存在しません、的なメールだった。
思えば去年送った時もそうだった気がする。
とりあえず来年も送るね。
私にとってあなたはかけがえのない友人に変わりはないから。

［8／19（日）］

昨日の一件が今日になって無性に腹立たしくなってきた。
なんで連絡先変えたこと教えてくれなかったんだろう。

［8／20（月）］

音楽ってずるい。お構いなしに色んなことを思い出させる。
お酒のせいってことにして寝るね。おやすみ。

［8／21（火）］

字を書くことが少なくなった。
久しぶりに書いた「帰」の字がお母さんが書く「帰」にそっくりだった。

よりによってなんで「帰」なんだろう。

［8／22（水）］

鏡の前で伸びをしたらちょっとだけ生えてきた脇毛が映ってなんだか
それがすごい可笑しくて一人でずっと笑ってた。この夏で一番幸せな
瞬間だったかも。
幸せって予期せぬところにある。

［8／23（木）］

ドラマとかで見たことある、野良犬に向かって「あんたも私と一緒で
一人ぼっちなんだね。」ってやつ。野良犬なんていないからなんとなく
帰り道にいる飼い犬にやってみた。
今にも噛み付かんばかりに吠えられて家の人まで出てきた。
久しぶりの感情。
あの頃の私を思い出させてくれてありがとう。

［8／24（金）］

家の中で見られている、って感じることが最近多い。振り向くと当然

2012年 8月

誰もいない。けど決まってあるのがお酒の空き缶。

やめてよ。

捨てられなくなっちゃう。

［8／25（土）］

私が一番嫌いで無意味だと思うテレビがやってた。すぐ消した。

何時間もやってるから、つけては消し、つけては消し、の繰り返し。

テレビを消した後の真っ暗な画面に自分が映るのも嫌。

［8／26（日）］

自転車のタイヤを触ったら空気が結構抜けてた。

あれから1回も乗ってないのに。

あなたに乗る喜びよりも失った時の哀しみの方が大きいから今は乗りたくない。ごめんね。

空気だけ入れてあげる。

［8／27（月）］

若林ちゃんから

「今日から川嶋さんのこと、先輩って呼びますね！」
って宣言された。
何の宣言？
先輩か…。
笑っちゃう。
若林ちゃんならあの犬にも吠えられないかな。

［8／28（火）］

まだ見ぬ貴方に思うこと。
お寿司は手で食べて欲しい。
焼き鳥は串で食べて欲しい。
ただそれだけ。

［8／29（水）］

全然涼しくならない。
何も期待しない、って決めたのに。

［8／30（木）］

最近テレビでよく見る強そうな名前の女の子が10代の頃の自分にそっくり。そんな気がして昔の写真引っ張り出して見てみたら全然似てなかった。
過去の自分を美化する大人にだけはなりたくないってずっと思ってたはずなのに。

［8／31（金）］

明日から9月だね、って8回言われた。
じゃあ明後日は9月2日だね、って心の中で返してあげた。
その程度のこと。
8月よりは9月の方が好きだけどね。

2012年9月

［9／1（土）］

若林ちゃんに飲みに誘われた。
断捨離っていうのを教えられた。
私は全部捨てかねないから聞かなかったことにした。
全部捨てちゃってもいいのに。
自分で自分のブレーキを踏めるようになった。
いいのか悪いのか。

［9／2（日）］

外出しようとすると決まって急に雨が降り出す。もの凄い勢いで。
これも何かのメッセージなんだろうな。

［9／3（月）］

うがいした後に吐き出す水のことってなんて呼べばいいのかな。
名前付けてあげたい。

［9／4（火）］

仕事帰りに手相を見せてくれませんか？って言われた。
見せてあげたらご先祖様は忍者かもしれませんって。
そうかもね。
久しぶりに男の人に手さわられた。

［9／5（水）］

日が高いの嫌だなぁなんて思ってたけど、いざ日が落ちるのが早くなるとそれはそれで切ない。日中暑いくせに夕方になると急に秋っぽい感じ出してくるし。
天の邪鬼なやつだね、お前は。

［9／6（木）］

家族で撮った写真が出てきた。
家族はもちろんだけどそこに写ってる食器が懐かしかった。
このおかずにはあのお皿。
今でも全部覚えてる。

［9／7（金）］

恋をしよう、っていう決意ほど無意味なものはない。
って思うのを今日でやめようと思う。

［9／8（土）］

書いてないだけで毎日ちゃんとお酒は飲んでる。
何の報告？
ううん。
お酒への敬意。

［9／9（日）］

せっかくの日曜日だから外出。
この季節の日曜日は17時37分に限る。
子供の頃外で遊んでて、時計も見ずに日の沈み具合の雰囲気で帰ると
ちょうど夕飯前で、それが大体17時37分頃だった。
公園のベンチでお酒を飲んでたら小さな子供が挨拶をしてくれた。
神様って意地悪。

［9／10（月）］

もう子供を産めない私がするべきことって何なんだろう。

お母さん、か。

呼ばれる度に笑っちゃうんだろうな。

［9／11（火）］

誕生日。1つ年を取った。

年って何なんだろ？

いっつも思う。

この年になったら、当てる楽しさ、当てられた時の恥ずかしさ、的な要素しかないと思う。

若かったらこんなことも思わないかな。

思ってなかったかも。

やだ。

［9／12（水）］

お昼ご飯の時に昨日誕生日だったことを若林ちゃんに言ったらすごく怒られた。

人に怒られてこんなに嬉しかったのは初めてかも。
誕生日の次の日に私の誕生日がいつか聞いてくるあの子の変な嗅覚？
私はあの子は天使か何かの生まれ変わりなんだと思ってる。

［9／13（木）］

もし左右の確認をせずこの赤信号を無視して渡ったらどうなるだろう、ってよく思う。けどだいたいその瞬間家族が乗るような大きな車が通過する。
守られているんだと思う。

［9／14（金）］

会社の男の子に川嶋さんってなんかいやらしいですよねって言われた。
君は明日からそういう目で見るね。

［9／15（土）］

ドナーカードを持つことを勧められた。
私の臓器が移植されたら、その人不幸にならないか心配。
でも自分の一部が自分以外の体で生き続けるのってすごく神秘的。

私じゃない人のお世話になっても、お酒だけは飲ませてもらえたらいいね。

［9／16（日）］

大事にしてたイヤリングが片方なくなった。
捜さないでおくね。
あなたの意思を、尊重します。

［9／17（月）］

ほぼ毎日、同じ時間に、同じ電車に乗ってる。
私と同じ時間に同じ行動をしている人ってきっと何人もいる。
顔を覚える人もいれば覚えない人もいる。
覚える人って何かわかんないけど、何かあるんだろうな、って。
そう思う。
私はどっち側なんだろ。

［9／18（火）］

仕事終わりに文具を買いに行った。

試し書きで無意識に「さよなら」って書いてた。
季節がそうさせたってことにしとこ。

［9／19（水）］

初めて男性とちゃんとお付き合いをした日。
なんでか毎年ちゃんと思い出す。
もう結婚して子供もいるんだろうな。
私が思い出してあげたんだから、貴方も思い出しなさい。
ううん。
思い出して。

［9／20（木）］

足の爪がいい具合に伸びてた。
一旦忘れることにする。
忘れられるかな。

［9／21（金）］

髪から湯船に入れてあげた。

なんとなく。

［9／22（土）］

久しぶりに自転車に乗って出かけた。
停めておくのが心配でどこにも寄れなかった。
子供がいたら、どこにも出歩かせなかったろうな。

［9／23（日）］

怒るのも怒られるのも嫌。
泣くのも泣かれるのも嫌。
なんかのスローガンみたい。
どっかの政治家がこんなこと言ってたら一票入れるのに。

［9／24（月）］

爪のこと思い出しちゃった。
もう一回忘れる。

［9／25（火）］

仕事終わりで若林ちゃんと飲みに行った。

25日が楽しみなのは給料日だからじゃない。
若林ちゃんが飲みに誘ってくれるから。
感謝してます。

「9／26（水）」

駅員さん。
あなた。
目が死んでる。

「9／27（木）」

小さいひらがなって可愛い。
今まで気付かなかった。
ぃ、が一番好き。
次は、ぉ。

「9／28（金）」

足の爪を切った。
ちゃんとすっかり忘れてて一番切りたい長さになってた。

［9／29（土）］

いなくなったイヤリングが帰ってきた。
こういう時は多くは聞かず、受け入れてあげることにしている。
おかえりなさい。

［9／30（日）］

9月に31日がないのは、
くさい（931）になるからなんだよ、
って子供の時近所のお姉さんに教えてもらった。
私も誰かに教える義務があるような気がする。

2012年10月

［10／1（月）］

仕事終わりで若林ちゃんに、月曜日こそ飲みに行きましょう、
って訳のわかんない誘われ方をした。
毎回毎回今日は私が奢ります、って言ってくれる。
いいよ割り勘でって言うと間髪入れず、
じゃあそうしましょう！って。
私が奢るよって言ったらきっと間髪入れず、
ご馳走様です！って言うんだろうな。
あの子とだったら向かい合って座る電車で長旅できそうな気がする。

［10／2（火）］

うん。
涼しくなってきたって認めてあげる。

［10／3（水）］

出会い系サイトからやたらメールが来る。

試しに一通読んでみたら送り主が自分なんじゃないかって思うくらい文体が妙に似てた。

詩織さん、46歳。

いい人が見つかりますように。

［10／4（木）］

トイレットペーパーの減りが早い気がする。

私以外の誰かが使ってる。

［10／5（金）］

お酒だけは我慢しない。

だって。飲みたいんだもの。

だから。それ以外のことは。我慢する。

［10／6（土）］

携帯いじってて、動作が一瞬重くなるあの感じが好き。

メールが来るのがわかるから。

待っていないつもりでも、
結局待ってる。

［10／7（日）］

若林ちゃんと初めて買い物に行った。
普段着ないような服を買わされそうになった。
帰って来て一人になってからそれが可笑しくて、笑いが止まらなくなった。
あの子、なんなんだろ。

［10／8（月）］

良い天気だった。
晴れて欲しい、って願うことがなくなったことに気付いた。
何かを願いながら過ごすのは嫌だけど、
天気くらいならいいいか。

［10／9（火）］

首を持たれた猫の写真集、ないかな。

あったら買うのに。

［10／10（水）］

子供の頃は祭日だった日が今は平日。
なんだろこの感じ。
いい感じではないよね。

［10／11（木）］

お風呂に入ってまず思うこと。
気持ちいい、よりも先に思うこと。
この中で死にたくない。

［10／12（金）］

地下鉄の突風に乗って一気に地上まで飛び出す夢を見た。
通勤にファンシーなこと、求め始めたみたい。

［10／13（土）］

夏服とお別れ。
袖を通すことのなかった子たちには、いいハンガー。

せめてもの。

ね。

［10／14（日）］

いつもと違う道で帰ったらどこかに迷い込んで、全く別の世界に行ってしまうことがあるんじゃないか、って子供の頃からずっと思っているけど結局ちゃんと着く。

1回がまだ来ないだけ、って信じてる。

［10／15（月）］

人生で今一番周りに男性の存在がない気がする。

だけども毎日が充実しているような気がする。

鏡に映る自分は、今一番優しいと思う。

［10／16（火）］

昨日買って来て、テーブルの上に置きっぱなしにしてたひじきにびっくりしてきゃーと叫んでしまった。

悪しきものの塊に見えた。

ばかばかしい。
何年かぶりにあげた悲鳴をひじきに捧げる。

［10／17（水）］

布袋と氷室の間で歌う夢を見た。
夢って深層心理を表すっていうけど、
これ何を意味するのかな。

［10／18（木）］

朝から強い雨。
新しい靴を履いて仕事へ。
何でもそう。
辛いことは早いうちに知っておいて欲しい。

［10／19（金）］

傘の忘れ物が多くなってるっていうアナウンスを聞いたのに傘を忘れる。
すごい罪悪感。
取りに行くのが優しさ？

そうじゃないことくらいわかってる。

［10／20（土）］
変えたい、とは思うけど、変わりたい、とは思わない。
ううん。
思わないようにしてるだけ。

［10／21（日）］
最近の自分に付きまとうこの「まとも」な感覚。
自分にとって必要なものなのか不必要なものなのか、
わからなくなってきてる。

［10／22（月）］
お弁当の種類って多過ぎる。
あの時あれ買えばよかったのかな、
って未だに思うことがある。

［10／23（火）］
落ちないルージュが欲しい。

［10／24（水）］

なんだか。
無性に。
子供の泣き声が聞きたくなって病院。
何がしたいんだろ。
誘拐事件って昔に比べてすごく減った気がする。

［10／25（木）］

奥さんを亡くした男性と筆談したい。
声は、奥さんのためにとっておいて。

［10／26（金）］

鶏のもも肉に爪を深く刺すと落ち着く。
ラップ越しだと特に。
いい状態になってきてる証拠。

［10／27（土）］

バーで話しかけてきた男性と一晩過ごす。
56歳だって。

いつぶりだろ。
求めてない時に求められる。
それだけは今も昔も変わらない。

［10／28（日）］

朝から気分が悪い。
回っている電子レンジを見てるとなんだか落ち着く。
中、あついんだろうなぁ。

［10／29（月）］

若林ちゃんが風邪でお休み。
今日一日何もする気がしなかった。
好きな子が学校休んだ時のあの感じ。
んー。
よくない。
依存。
一番嫌いな言葉。

でも寂しい。

［10／30（火）］

電器屋さんで電子レンジの中の明るさに似た電球ってありますか？って聞いたらぽかーんとされた。

その目。

慣れてる。

［10／31（水）］

久しぶりに若林ちゃんに会えた。

寂しかったですか？って。

寂しかったに決まってる。

泣きそうになった映画よりも泣きそうになった。

2012年11月

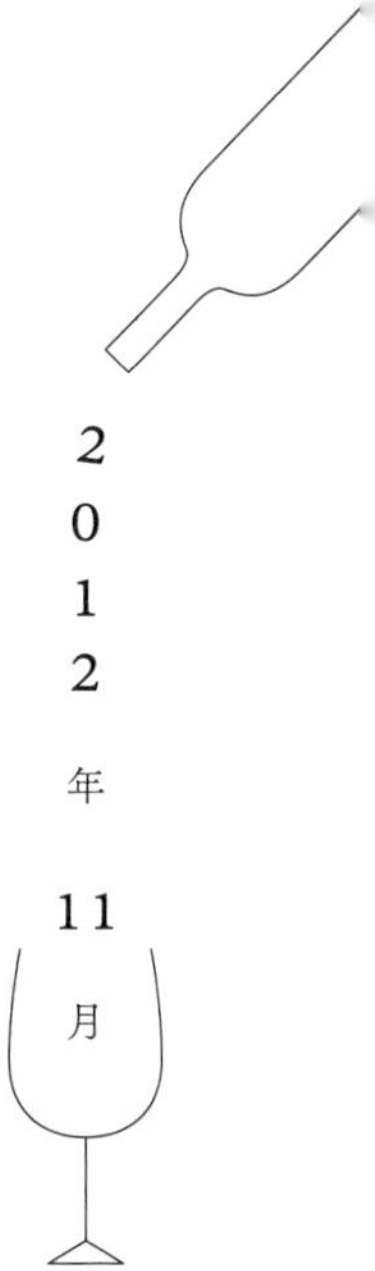

［11／1（木）］

銀杏の匂い。
好きな時もあったけど今は嫌い。
今思えば好きなふりをしてただけなのかも。
しっかり臭い。

［11／2（金）］

仕事終わり、コンビニから家の角までなんとなく走ってみた。
全力で。
角を曲がる時、手に持っていたビニール袋が柵に引っかかって、
袋が破けてお酒を全部落としてしまった。
頑張る度にこういうことになる。

［11／3（土）］

隣の部屋から喘ぎ声。

いらっとする前になんか変な感覚があったことを認める。
息、止まるかと思った。
クラシックをかけて、ハーモニーを楽しむ。

［11／4（日）］

一人で散歩。
久しぶりに小便小僧を見た。
目が合った。
一瞬目線を落として、
また上げたら、
目、逸らしてた。
よくできてる。

［11／5（月）］

会社の人から京都のお土産。
紙包みを開けようとしたら手を切った。
京都土産で切った傷口から流れる血は、

なんだかはんなりしてた。

［11／6（火）］

背後を警戒し過ぎると、前方が疎かになる。
前方を警戒し過ぎると、後方が疎かになる。
っていう話を電車で隣に座っていた女性二人が延々としてた。
わかるよ。私は。

［11／7（水）］

なんとなく佇まいが男性っぽいシャンプーと、
女性っぽいコンディショナーを買って帰宅。
お風呂場で二人きりにさせてあげる。

［11／8（木）］

指についたチョコって普通にチョコ舐めるよりも美味しい。
気のせいかな。
舌で感じる体温がそう思わせてるだけなのかも。

2012年 11月

［11／9（金）］

若林ちゃんがすごいスピードでパソコンを打って、
嬉しそうに見て下さい、って言ってきた。
画面には、天網恢々疎にして漏らさず。
ノーミスで打てた日はいいことがあるんですって。
何回か打ち直してたけど、あれはミスに入らないみたい。

［11／10（土）］

？よりはーの方が好き。
今は。
今はー。

［11／11（日）］

また布袋と氷室の間で歌う夢。
なんのメッセージなの。

［11／12（月）］

コートがどうしても着たくなったから日が落ちるまで待って外へ出た。
もっと寒くならないかな。

何の思い出もないけど、好きな月。

11月。

［11／13（火）］
なんで相撲なんてやろうと思ったんだろう。
何かしらの闇を通り抜けて辿り着いたとしか思えない。

［11／14（水）］

自分で自分のことをわかろうとしているのが手に取るようにわかるからすごく嫌。

幸せでありたい、と願うことは当たり前のことであって恥ずかしいことではない。ここでは素直に認められるのに。

酔ってます。

はい。

寝ろー。

［11／15（木）］
私に興味のない男性に触りたい。

何がしたいっていう訳じゃなく。
拒まれたい。

［11／16（金）］
私を否定も肯定もしない男性の存在を求めてる。

［11／17（土）］
起きたら泣いてた。
何の夢を見たのかも思い出せなかった。
涙が溜まり過ぎたのかも。

［11／18（日）］
若林ちゃんと銀座。
デパートの靴売り場ではしゃぐ彼女の姿に亡き母を思い出す。
21・5の婦人靴は東京じゃないと売ってない、って嬉しそうに話してた。
お母さん。
まだ21・5の靴、売ってたよ。

［11／19（月）］
踏切の向こうにはあの人が待っている気がする。
そう思うと電車の通過待ちもそこまで苦じゃない。
そう思い続けて20数年？
ちょっと苦かも。

［11／20（火）］
子供ダンサーの見てる前でその母親を思い切りひっぱたいてやりたい。

［11／21（水）］
目が合った香水を振る。
私がやり続けてきた数少ないことの一つ。

［11／22（木）］
知らない人と喋りながら帰りたい日ってない？
今日はそんな日。

［11／23（金）］
お蕎麦屋さんの匂いが好き。
いいお蕎麦屋さんにはいいお蕎麦屋さん特有の匂いがある。

2012年 11月

［11／24（土）］

体重計に乗ってる時に何キロか見ない。
なんだか可哀想だから。
あなたを必要としている人はちゃんといるのよ。
そうわかって欲しいから乗る。
降りてから見る。
この気遣い、いるのかな。

［11／25（日）］

あの時なんであんなことを言ってしまったんだろう。
してしまったんだろう。
それの連続。
私の人生って。
ん。
みんなそうなのかもね。

［11／26（月）］

まだ見ぬ貴方に思うこと。

ひとつ追加。
おでんをコンビニで買わない人。
おでんは家で食べるもの。

［11／27（火）］
商店街の中の、小さなあのお店に通う理由。
実家で使ってたのと同じグラスでお水が出てくるから。

［11／28（水）］
ワインの分際で、何が解禁よ。
って思いながらも結局飲んでしまう。
また来年お会いしましょう。
待ってるの、ばれないように待ってます。

［11／29（木）］
特に引っ越す気もないんだけど、
なんとなく不動産屋の前で物件見てたら
若い男の人も隣で物件見始めて、ボソっと一言。

なんでこんなに高いんですかねぇ。
うん。
飲みにでも誘えばよかった。

［11／30（金）］

12月は、もう12月かぁ、って言われる。
なんで1年が終わることをみんな寂しがるのかな。

2012年12月

［12／1（土）］

11月の記憶がない。
今年も。

［12／2（日）］

家の近くの歩道橋。
ふと、一度も上ったことがないことに気付く。
何百回何千回って通ってるのに。
上ったことのない歩道橋の上から見る景色は、
見たことのない景色だった。

［12／3（月）］

仕事帰り、不動産屋の前を通ったらまたあの青年がいた。
話しかけようかと思ったけど。なんかね。
気持ち悪がられても癪だし。

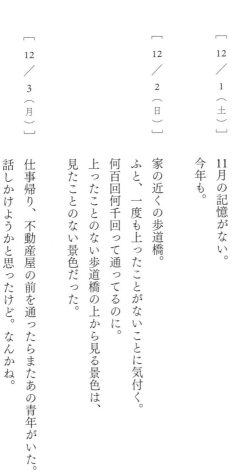

話しかけようかな、って思っただけ人として成長した気がする。
成長、なのかな。

［12／4（火）］

社交的であること、が知らないうちに自分の中で良とされてきてる。
なんか嫌。
また気付いちゃった。
これの繰り返し。

［12／5（水）］

今の季節。
16時過ぎくらいから暗くなる気配を感じさせる。
さっさと暗くなりなさいよ。

［12／6（木）］

駅前で女の子に声をかけてるホストっぽい男の子に、
お姉さんビリヤードうまそうだね、って声かけられた。
笑っちゃった。

今日は神様が笑いなさいって言ってたんだと思う。

［12／7（金）］

56歳の人からしょっちゅう連絡が来る。
けど一切返してない。
私はあの人を無視するから、誰か私のこと無視して。

［12／8（土）］

起きたら若林ちゃんからメールが来てた。
ぞんざいと、ぜんざい、って似てますね。
どこで何してるの？

［12／9（日）］

野球場に入ってみたい。
なんでだろう。
なんでかわからないけど、
真夜中にそう思って、気が付いたら自転車に乗ってた。
球場に着く直前に職務質問された。

きっと何かがある。

［12／10（月）］

昨日久しぶりに自転車に乗ったの、今になって思い出した。
昔いざこざがあって別れた恋人と街中でばったり会って思いの外自然に話せた。
そんな感覚？
そんな経験ないけど。
別れた男は許さない。

［12／11（火）］

年末年始に向けて。
足の爪を伸ばしてる。
私の予想では、1月3日が切り頃。

［12／12（水）］

高頻度で見かける猫は、
何か伝えたい事がある。

そう思ってる。

［12／13（木）］

自分がもし入院したら何人お見舞いに来てくれるのかな、って。
なんか急に気になった。
若林ちゃんしか思い当たらなかった。
今夜はお酒の力が必要。

［12／14（金）］

雪が降りそうな灰色の空が見たい。

［12／15（土）］

街に出てみたけどどこもすごい人。
いつだったかな。今くらいの時季に母が遊びに来たことがあった。
人混みを避けて裏通りを歩こうとする私に、
人混みの中を歩きたい、
と母が言い出した。
人混みの中を歩くのも田舎者には楽しい、って。

なんとなくそのことを思い出したから、
人混みの中を歩いてみた。
そんないいものじゃなかったよ。
お母さん。

［12／16（日）］

なんだろう。
なんだか無性に、
重い掛け布団の中で寝たい。

［12／17（月）］

会社のトイレでウォシュレットが今までに使ったことのない位置と強さの組み合わせになってた。
なんか、
ニヤっとしちゃった。

［12／18（火）］

来年は年下の男の子と遊ぼう。

［12／19（水）］

冬の雨の与える絶望感。
物心ついた頃からなんでか好きだった。

［12／20（木）］

重い掛け布団ってもう売ってないのね。
たんぜんも欲しい。

［12／21（金）］

名前も知らない観葉植物。
最近同居人面してるような気がする。
あながち間違ってはいないけど。

［12／22（土）］

観葉植物。
今まで一切気にならなかったのに、なんだか最近すごく見られてるような気がする。
見えない位置で着替えたつもりだったけど、
鏡越しに見られてた。

2012年 12月

いつもより生い茂って見えた。

［12／23（日）］

天皇誕生日。
何の思想もないけれど、天皇陛下は好き。
小さくて可愛いじゃない。

［12／24（月）］

クリスマスを一人で過ごすことに関して感じる劣等感。
鏡に映る自分は、今年で一番美人に見えた。
若林ちゃん、何してたのかな。

［12／25（火）］

56歳の人からお誘いのメール。
この人と一緒になった人はきっと大事にされるんだろうな。
ごめんなさい。
何日かしたらお返事します。

［12／26（水）］

若林ちゃんとランチ。
クリスマスの思い出を沢山聞かせてくれた。
すごく楽しそうに話してくれたけど、男性と一緒にいた年は1年もなかった。
自分がすごく小さく思えた。

［12／27（木）］

クリスマスを過ぎた後のイルミネーションが好き。
もう役目は終わったのに。
私はちゃんと見てるからね。

［12／28（金）］

会社の忘年会。
ビンゴ大会、一番最初に揃ったけど恥ずかしくて言えなかった。
賞品が重い布団だったら言えたかな。

［12／29（土）］

30日でも31日でもなく。

12月29日が年末で一番好き。

［12／30（日）］

若林ちゃんが飲みに誘ってくれた。
帰り際、今年1年ありがとうございました、ってプレゼントをくれた。
あったかそうな靴下2足だった。
1足は若林ちゃんと色違いらしい。
そっちだけ履いて、もう1足は取っておくね。

［12／31（月）］

今年も終わり。
除夜の鐘に合わせて鳴く犬がいた。
微笑ましく眺めてたのに、鐘の音を無視してはっきりと私に向かって吠えてきた。
うん。
いい1年になりそ。

2013年1月

「1/1(火)」

お正月らしいことをしよう、と思うようになってきてる気がする。
年なのかな。
初めて鏡餅を飾ってみた。
なんかいやらしい。鏡餅って。

「1/2(水)」

箱根駅伝を見ると、お母さんを思い出す。
私には何が面白いのか当時は全く理解できなかった。
今も理解はできてないけど、見てはいられるようになった。
みんな頑張れーって。お母さんもわかってなかったんじゃないかな。
一緒に見たかったな。

「1/3(木)」

足の爪がちょうど切り頃。

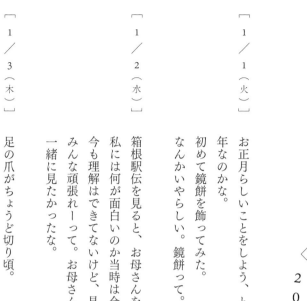

親指の爪が、すごく遠くへ飛んだ。
飛んだ先に、いくら捜しても見つからなかったイヤリングがあった。
おかえりなさい。

［1／4（金）］

12月29日がピークで、そこからどんどん下降していく。
1月3日がちょうどゼロ。
私の年末年始は終わり。

［1／5（土）］

1年の始まりに新しい靴を買う。
早く雨降らないかな。

［1／6（日）］

今年初めて自転車に乗っていたら、逃げる飼い犬を追いかけている人がいた。
犬があまりにも必死な感じだったから、どこかに飼い主を導こうとしているように見えた。気になったから私も自転車で追いかけてみたら、単純に必死に逃げているだけだった。

いい運動になりました。

甘いお酒でうがい。

［1／7（月）］

今日から仕事なのに起きたらお昼の3時だった。

こんなこと初めて。

いつもの日常に戻ることを体が拒否してるのかな。

若林ちゃんからの着信68件に笑っちゃった。

［1／8（火）］

電車で前に立っているおじさんの読んでいる新聞のエッチな記事の女の子とずっと目が合ってた。

あなたも大変ね、って笑いかけてあげた。

無視された。

［1／9（水）］

ここ何ヶ月か、ただいま、って言っても誰も何も言ってくれない。

家に誰もいないから当たり前のことなんだけど、
なんか違和感を感じる。

［1／10（木）］
ドラマとか映画なんかより、
文字が大きい携帯を一生懸命使ってるおばあちゃんを見てる方が
よっぽど泣ける。

［1／11（金）］
私がマスクをする理由。
人目を気にせず歌ったり喋ったりしていられるから。

［1／12（土）］
最近お酒を飲む時間が減ってる。
うーん。
良くない。
飲まなかった夜は枕元にお酒を置いて寝ることにする。

［1／13（日）］

12月29日から1月3日までがもう待ち遠しい。

［1／14（月）］

閉店のお知らせが貼ってあるお店。
紙を貼らなくてもシャッターの雰囲気でなんとなくわかる。
また好きなお店がなくなった。
閉めるかもしれない段階で紙を貼ってくれたら、何かできたかもしれないのに。

［1／15（火）］

1月15日は私の中で成人の日。
あの、戦時中に撮ったみたいな写真も今となっては懐かしい。
どこにいっちゃったかな。
実家に帰ろうかな。

［1／16（水）］

年末年始、一緒に過ごした空き缶君たちとお別れ。
楽しかったね。

2013年 1月

またどこかで会えたら。

［1／17（木）］

連休が多い。
祭日慣れしてきてる。
金曜日の祭日も月曜日の祭日も好きだけど、
水曜日の祭日も結構好き。

［1／18（金）］

電車が通過する時の突風でなびいた私の髪が、
隣のおじさんの口に入った。
笑っちゃった。
おじさんごめんね。
髪切ろう。

［1／19（土）］

美容院へ。
美容院は苦手。

いつ目を瞑ればいいのかわからない。
顔に布を掛けられた時、
全員が手を止めて私の方を見てる気がする。

［1／20（日）］

お昼から飲む。
年末年始のお酒がまだ抜けていない感じがする。
一番底の部分にちょろっとお酒が残っている感じ。
心地良い。

［1／21（月）］

電車で女子高生の子が一生懸命打っているメールの画面を見てみた。
すごいハートの数だった。
何か伝えたい言葉をハートにして伏せているんだとしたら…
とも思ったけど、あのハートの数じゃ解読不可能だと思う。

［1／22（火）］

駅で名前は知らないけど会社で見たことある男の子と一緒になった。

軽く会釈。

誰かと街でばったり会った時、向こうから会釈するまで決して自分からはするまい、と思ってたあの頃が懐かしい。

［1／23（水）］

給湯室、って呼び方がなんでか昔から嫌い。

台所でいい。

台所がいい。

［1／24（木）］

ホップ。ステップ。ジャンプ。

1。2。4。

私の1月24日のイメージ。

［1／25（金）］

若林ちゃんとお昼。

お昼にお財布だけを持って歩く姿にずっと憧れてたらしく、新しく買った長財布を色んな持ち方をしながら歩いてた。

ちょっと遠めのお蕎麦屋さんに入ったら、電車で見かけた男の子がいた。

岡本君。若林ちゃんの大学の後輩らしい。

今度三人でご飯を食べる約束。

実現するかな?

［1／26（土）］

覚えていることと、覚えていないことの違いって。

境目って。

なんなんだろ。

［1／27（日）］

若林ちゃんとお出かけ。

公園で休憩してたら演劇の練習をしてる若い子の集団に遭遇。

若林ちゃんが私の横に座りながら、台詞のやりとりにこっそり参加し始めてすごく可笑しかった。

「そんな…」

と、

「何で!?」
しか言わないんだもん。

［1／28（月）］

確か何かしらの記念日だった日。
何の日かは思い出せない。
誰かの誕生日なのか、付き合い始めた日なのか。
とりあえず、飲む口実にはなる。
ってこと。

［1／29（火）］

仕事終わりで若林ちゃんと岡本君とご飯。
意外と早く実現した。
私と二回り近く年が違った。
干支が私のより強そうだったのがせめてもの救い。
連絡先の交換だけした。

［1／30（水）］

コンビニで必ずすること。

グミを袋の上から触ること。

［1／31（木）］

デパートの地下で買い物。

綺麗に陳列された色とりどりの野菜を見た子供が母親に向かって、

「ママ見て。きれい。お寿司みたい。」

って。

あの子、絶対いい子。

2013年2月

［2／1（金）］

2月に入って1日目。
もう3月を求めてる。
私の中で1月と2月は同等みたい。

［2／2（土）］

久しぶりの雨。
買ってから一度も履いてなかった靴を履いて出かける。
春の素晴らしさを知る前に、冬の雨の厳しさを知っておいて欲しい。

［2／3（日）］

芸能人が撒く豆に群がる人達が映るテレビの画面に向かって、
思い切り豆を投げつけてやりたい。

［2／4（月）］

母の命日。

母のことを思い出すと同時に父のことも思い出してしまう。
思い出させられてる。
母親らしい。
お父さん元気かな。

「2／5（火）」

鏡に映る自分と自問自答。
連休で実家にちょっと帰ることにする。
お母さんに会いに。

「2／6（水）」

普段何気なく使っているはずの洗濯バサミが、
今日に限って男女が互いの手を取り合って、接吻をしているように見えた。
厚手のトレーナーを挟んであげた。

「2／7（木）」

知らないアドレスからメール。

知らないアドレスからその人が誰なのか推測するのが好き。
万が一、仮に、結婚できるとしたら。
アドレスは初期設定のまま変えてない人がいい。

［2／8（金）］

昨日の知らないアドレス、岡本君だった。
寝る。

［2／9（土）］

実家へ。
向こうでの暮らしの方が長いけど、まだ自分の中で、
「帰る」っていう感覚があったのが嬉しかった。
久しぶりに会った父は、もっと小さくなっていて欲しかったけど、
昔と変わらず、がっちりしてた。
ちょっとがっかり。

［2／10（日）］

お墓参り。

吸い込まれそう。

中に入りたい。

［2／11（月）］

仏間に母が生前使ってた携帯があった。

母が亡くなった直後、携帯を見た。

癌と闘っていた母は、私には弱音を一切吐かなかった。

でも母の携帯の中には、父宛てに送られた、辛い、苦しい、楽になりたい。そういった内容のメールがびっしり詰まっていた。

見やすい、大きな文字で書かれた母の苦しみは見るに堪えなかった。

涙が止まらなかった。

ここに帰って来たのはあの日以来。

ごめんね、お母さん。

［2／12（火）］

今日からまた仕事。

父と連絡を取るようになった。

今だけかもしれないけど。
別にそれでもいい。

［2／13（水）］

若林ちゃんから明日どうします？って。
なんのことかわからないふりしたけどダメだった。
先輩こそです！
って訳のわからないこと言われて丸め込まれた。

［2／14（木）］

こんなに喜んでくれるなら毎年あげればよかった。
みんな結局愛に飢えてる。
それが軽かろうが重かろうが。
愛に押し潰されたい。

［2／15（金）］

岡本君と初めて何通かメールのやりとり。
ハートが沢山のメールってもらうと嬉しいもの？って聞いたら、

んー。体力が回復した気がします。
って。
面白い子。

［2／16（土）］

蛇口から出るお水がお湯に変わり始めるあの瞬間が好き。
お湯になるのを待ってる私。
お湯になってくれたお水。

［2／17（日）］

人のことをすぐ好きにもなるし、嫌いにもなれる。
速さでいったら、
好きになるスピードの方がちょっと速いかも。
ほんのちょっとだけど。

［2／18（月）］

お味噌汁に豚肉を入れただけ。
それが豚汁。

あの飛躍感が、この年になってもまだ理解できない。
美味しいの。

［2／19（火）］

たまにでいいから嗅がせて欲しい。
い草の匂い。新築の家の匂い。
雨が降った時のアスファルトの匂い。
あ、い草と蚊取り線香の匂いが混ざったのが一番かも。

［2／20（水）］

まだ切るべき長さじゃないのに爪が気になる時。
それって大体、恋してる時。
自分のことは自分が一番わかってる。

［2／21（木）］

イライラする。
呆れるくらい簡単に人を好きになってしまう。
寝る。

［2／22（金）］

服を着たまま浴室へ。
浴槽のお湯を洗面器ですくって、
それを思い切り浴室の壁にぶちまける。
自分でも何がしたかったのかわからない。
けど、何かが変わった気がした。

［2／23（土）］

若林ちゃんにカラオケに連れていかれた。
恥ずかしくて一曲も歌えなかった。
私がオバさんになってもって、
すごくいい歌だった。
帰り道無意識に口ずさんでた。
私はオバさんになったの。

［2／24（日）］

飲み過ぎた。
30過ぎたくらいの時だったかな。

このままお酒を飲んだら体を壊しますよ、ってお医者さんに言われた。
私が唯一長続きしたこと。
お酒を飲むこと。
やめないからねー

［2／25（月）］

別にそれくらいの感じだったらいいよ、
って具合の痴漢にあった。
お酒飲みながらでいいなら話くらい聞いてあげるのに。

［2／26（火）］

学生の時は電車通学する人達が羨ましかった。
こっちに出てきてから電車に乗るようになったけど、
当時羨ましいと思った感覚はもうなかった。
でも最近になってそれが蘇ってきた。
白黒がちだった日常に、
ちょっと色がついてきた気がする。

［2／27（水）］

かっこつけ
ばーか

［2／28（木）］

2月28日が昔から好き。
すごく特別な日。な感じがする。
木曜日、が一番しっくりくる。
2月28日の木曜日。
生きてるうちにあと何回巡り会えるかな。

2013年 2月

2013年3月

［3／1（金）］

課長が、小学6年生のお子さんが卒業制作で作った小さなオルゴールを持って来てた。

みんなが帰ったあと、課長の机の上のオルゴールをこっそり開けてみたら、聖母たちのララバイ、が流れた。

事件、の2文字がふと頭に浮かんだ。

課長、無事帰れたかな。

［3／2（土）］

岡本君と若林ちゃんとドライブ。

ミラーに映るこちらの様子を窺う若林ちゃんの顔が、いちいち可笑しくて、ドライブどころじゃなかった。

あと、サービスエリアが近づく度にトイレに行きたいと言い出し、変な小芝居を打って私と岡本君を2人きりにさせようとする気遣いは余計だった。
いい加減気付いて欲しい。
私はあなたの幸せを願ってる。

［3／3（日）］

ひな祭り。
実家では毎年ひな人形を母が飾ってくれた。
ガラスケースの中に2体入っただけのシンプルなやつ。
3月4日まで飾っておくとお嫁に行けなくなる、
と母から聞かされていたから、3日の夜には片付けていた。
私の記憶では一度も4日まで飾ってたことはない。
お母さんを信じてみよう。

［3／4（月）］

朝から若林ちゃんがなんだか辛そうだった。
どうしたの？って聞いたら、
キャミソールを手を使わないで肩から脱ごうとしたら筋肉痛になりま

した、って。
やっぱり若林ちゃんにはちゃんと話そ。

［3／5（火）］

私にとっての春。
バスを待つのが楽しい季節。

［3／6（水）］

特定の男性に興味を持った時に限って以前関係のあった男性から連絡が来る。
試されてるんだよね、きっと。

［3／7（木）］

春の香りがした。
なんの匂いなのかはわかんない。
子供の頃からずっと変わらない、春の匂い。

「3／8（金）」

仕事帰り、駅でばったり岡本君に会った。
思わず、やっ！
って声をあげてしまった。
あんな声、まだ出るんだ。

「3／9（土）」

出かけようとしたら玄関のドアが開かなかった。
自転車が乗って欲しそうにドアに引っかかってた。
意地悪してやろうと思ったけど、乗ってあげた。
自転車の方がよっぽど素直。

「3／10（日）」

お父さんからメール。
国籍疑うくらいの片言の文章。
私は普通に返していいはずなのに、
なんでか全部ひらがなで返してた。
字、読めないわけじゃないのにね。

［3／11（月）］

帰ってきて玄関を開けたら子供靴があった。

誰の子？とも思わなかった。

当たり前のことのように思えた。

でもよく見たら子供靴なんかじゃなくて、ただの玄関の汚れだった。

じゃあ私の子だ。

［3／12（火）］

若林ちゃんに仕事終わりでパチンコ屋に連れていかれた。

好きな芸能人がパチンコ台になったらしい。

パチンコは子供の頃以来。

母と叔母と3人で映画を観た後、よくパチンコ屋に寄って3人並んで打ったりした。紙袋いっぱいのお菓子をもらって帰ったのが懐かしい。

あの茶色のシンプルな紙袋、
もうないのかな。

［3／13（水）］

冬物たちとそろそろお別れ。

たまぁにクローゼット開けてあげるからね。
あまり着てあげられなかったコートには、いいハンガー。

［3／14（木）］

何かをあげるのは好きだけど、
もらうのはあまり好きじゃない。
どんな顔してもらってるんだろ。
自分だから、見られない自分の顔がある。
自分にしか、見られない自分の顔もある。
もっと。
自分のことが知りたい。

［3／15（金）］

フィギュアスケートを見て毎回思うこと。
転んだら失格にしちゃえばいいのに。

［3／16（土）］

誰かが幸せになるってことは、

どこかで悲しむ人がいるってこと。
で、その人が悲しむことによって、
またどこかで幸せになる人がいる。
世の中ってそういう風にできてる。

［3／17（日）］

銀座で歩行者天国。
歩行者天国。
言葉はすごい好き。
歩行者天国。
だけど、普段歩いてる時以上に、
なんでか背後が気になる。

［3／18（月）］

仕事終わりで若林ちゃんとお茶。
若林ちゃんが頼んだ紅茶が最初から渋かったみたいで、
替えてもらったら？って言ったら、

いいんです。きっと私の行いが悪いからです。
って。
おかしな子。

［3／19（火）］
起きたらベッドと壁のほんのちょっとの隙間に挟まってた。
夜中に誰か来たのかもね。

［3／20（水）］
今日は待ちに待った水曜日の祭日。
祭日の水曜日。
月曜日に気付いて、それからずっと待ち遠しかった。
今日は何もしない。
だって。
水曜日の祭日だから。

［3／21（木）］
桜って。

2013年 3月

こんなにキレイだったっけ。

［3／22（金）］

今日は横断歩道の黒いとこだけ歩いてあげた。
どうせみんな白いとこ歩いてあげるんでしょ。

［3／23（土）］

若林ちゃんとお花見。
人が作ったおにぎりはなんだか苦手。
でも若林ちゃんのはすんなり食べられた。
お母さん以外で初めてかも。
この子に、母性感じちゃってるのかな。
具を入れ忘れた塩おむすびは
味気ないけど、温かかった。

［3／24（日）］

初詣。
遅めだってことくらいわかってる。

願い事は近い事しか頼まないのが子供の頃からのルール。
今夜もお酒が美味しく飲めますように。
ほらね。
叶った。
神様だって、忙しいんだから。

［3／25（月）］

わかる。
みんながウキウキしてるのが。
桜って、みんなに好かれてる。
今まで桜、っていう名前の子に3回くらい会ったことがある。
正直みんな可愛くはなかった。
爪を切りながらふと思い出した。

［3／26（火）］

最近見かけなかった猫を久しぶりに見かけた。
どこ行ってたの？

そっか。
あなたも桜見に、帰ってきたんだね。
おかえり。

［3／27（水）］

窓際に並べてあったワインの空き瓶。
ラベルが貼ってある側を外の方に向けてあげた。
今年の桜はどうですか？

［3／28（木）］

桜が咲く喜びよりも、
散る時の哀しみの方が大きい。
小学校高学年の時には気付いてた。
でもこの年になって、咲く喜びの方が大きくなった。
人って。
変わるんだね。
ん。

変われるんだね。

［3／29（金）］

あなたからの返事が欲しいんじゃない。
あなたからの返事かもしれない、って思うだけで幸せ。
携帯、震えて。

［3／30（土）］

鍵を開けたまま寝てみようと思って、
鍵をかけないで布団に入ったけど、
やっぱり怖くて閉めちゃった。

［3／31（日）］

深夜に一人でお花見。
緑が目立ち始めた桜の木を抱きしめてみた。
思ってたよりも冷たかった。
ちゃんと誰もいないの確認してから抱きしめたのに、
しっかりと見られてた。

また、来年。

2013年4月

［4／1（月）］

エイプリルフール。
私に嘘をついていい日、って思ってた。
私が嘘をついていい日、だったんだね。

［4／2（火）］

たまぁに。
すごく野蛮なことがしたくなる。
何書いてるんだろ。
ん、マクドナルド食べたい。

［4／3（水）］

後ろめたさがある時って、
他人のほんの些細な言動が気になって仕方ない。
幸せな時って、

何が、どんな風に気になるの？

［4／4（木）］

よく見かける猫は私のことを、よく見かける人間、
って認識してるのかな。
あなたの特徴は、白黒で右の前足の先だけ黒みが多いところ。
私の特徴は？
にゃーって言われても、
わからないんだから。

［4／5（金）］

もし、好きな男性と一緒に寝て、朝起きてその人が横で死んでても。
私は多分驚かない。
今日は酔ってません。

［4／6（土）］

寝息のタイミングが一緒になった瞬間。
一人じゃないんだなぁって、

そう思える。

［4／7（日）］

昼過ぎから突然の雨。
洗濯物を取り込んであげようと思ったけど、
雨に打たれる姿がなんだか嬉しそうだったから、
取り込むのやめた。
飽きたら乾いていいからね。

［4／8（月）］

今日は入学式だったみたい。
正装した子供達が、初々しかった。
一人、覚悟を決めた目をした男の子がいた。
強く握られているお母さんの手が羨ましかった。

［4／9（火）］

家の中か、深夜にコンビニへ行く時にしか着たことがない、
春物っぽい色の服を着て仕事へ行ってみた。

でも、やっぱり、恥ずかしくて、
駅のトイレで着替えてしまった。
帰りにまた駅のトイレで着替えて帰宅。
これ以上の満足感、今の私にはいらない気もする。

［4／10（水）］

若林ちゃんが最近やたら体を動かすことの重要性を私に説いてくる。

こうなるとこの子は止まらない。

［4／11（木）］

若林ちゃんが、仕事中に椅子に座りながらできるストレッチを私に教えようとして会社の椅子を壊した。

朝からお腹が痛くなるくらい笑った。

今日は花粉が気にならなかった。

［4／12（金）］

なんとなく。

手を挙げないで、タクシーが停まるのを待ってみた。

一台も停まってくれなかった。
あなたに気付かれなくても私は平気。

［4／13（土）］

一人で飲んでたらメール。
岡本君から。
素直に受け入れなさい、
って何度も自分に言い聞かせる。
鏡の前で自問自答。
なんとなくだけど答えは出てる気がする。
鏡の中の自分、
なんだか優しかった。

［4／14（日）］

岡本君と出かけた。
どこで何を見て、何を食べて、何を話したか、
ほとんど覚えてない。

ただ一瞬、
手が触れたことだけは覚えてる。

［4／15（月）］

駅員さん。
私、
今、
しあわせ。

［4／16（火）］

デパートの子供服売り場。
私以外にも買うふりをしてる人がいた。
見たらわかる。
買うふりをするだけで幸せな気持ちになれる。
それで良しとする。

［4／17（水）］

たまぁにいる警戒心が極端にない雀。

たぶん私のこと知ってるんじゃないかな。
誰なの？

［4／18（木）］

仕事からの帰り道、
「星のない夜空に慣れてしまった私は」、
ってはっきりと独り言を言っていた。
続き、何だったんだろ。

［4／19（金）］

会社の玄関の傘立てにずっと入ってる、
ベージュに近いピンク色の傘。
柄の部分が今日は特に寂しそうにしてた。
次、雨が降ったら、連れてってあげるね。

［4／20（土）］

明確な日にちは記憶したくない。
思い出になってしまうから。

何かが始まる、ということは、
その先には必ず終わりがある、
ということ。
岡本君とお付き合いすることになった。

［4／21（日）］

お付き合いが始まった途端、
距離をおきたくなってしまう。
なんでなんだろ。
振り向いた時には手遅れ、
もう誰もいない。
そんなのわかってる。
でもどうにもならない。
追って欲しい。
後ろ歩きで逃げるから。

［4／22（月）］

朝から若林ちゃんのいちご狩りの誘いがすごい。
これは断れなさそう。
報告の機会を彼女なりの勘で与えてくれてるのかもしれない。

［4／23（火）］

朝起きたら、家にある雑貨、家具、植物、
全部がなんだか嬉しそうだった。
お酒が減ってたら、飲むなら誘ってって怒ってたかも。
ありがとね。

［4／24（水）］

仕事終わりで岡本君と一緒に帰る。
悪い気はしなかった。
彼が入ろうとするお店は、どこも汚くて、大衆居酒屋的なお店ばかりだった。
こういうところが好き。

［4／25（木）］

お昼休み、向かいの席に座る若林ちゃんから、給料日なんだから何かプレゼントしなさいよ、というメールが届いた。

送る相手、ほんとに私？

この子、色々動いてくれてたのかなぁと思ったら、可笑しいの通り越してなんだか泣けてきた。

お昼ご馳走するのでいい？

って私から返事が来た時のあの顔、一生忘れない。


若林ちゃんに報告完了。

泣いて喜んでくれた。

［4／26（金）］

帰りの電車で隣に立ってた男性に来たメールを盗み見したら、餃子作り過ぎちゃった、って書いてあったん。

なんだろ。
いいな、って。
思った。

［4／27（土）］

実家の方ではそろそろ桜が咲き始める季節。
ゴールデンウィークに桜を見に行くのが数少ない家族の恒例行事だった。
自分の中の四季のリズムは、向こうのまま。
それがなんだか誇らしい。

［4／28（日）］

知らないことが沢山ある。
知らないで欲しいことも沢山ある。
もっともっと知りたいと思う。
今はその気持ちの方が強い。

［4／29（月）］

今日わかったこと。

2013年 4月

信号はちゃんと守る。
犬が好き。
注文が決まってないのに店員さんを呼んで自分を追い込む。
で、結局待たせる。
やっぱり、
いい人。

［4／30（火）］

私の体の70％は、
罪悪感でできている。

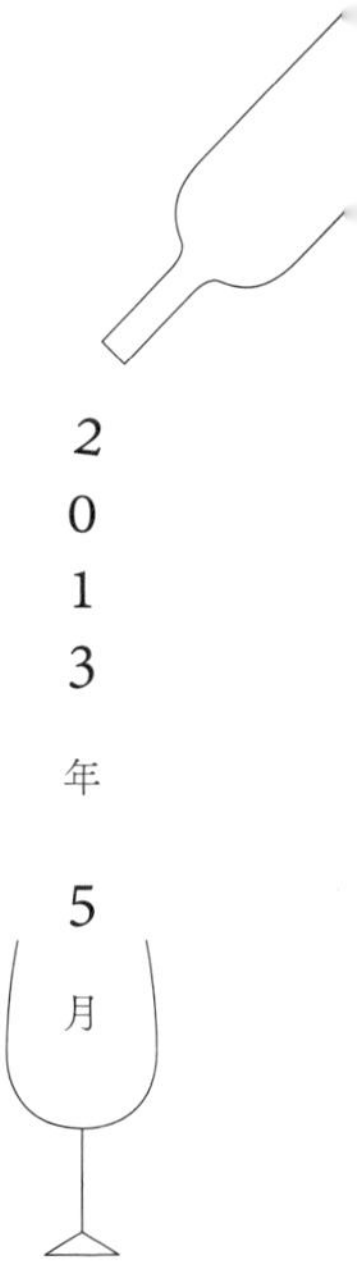

2013年5月

「5/1（水）」

3月で退職した人がいたことに、今頃気付いた。
この2ヶ月相当浮かれてたんだろうな。
その人が座ってた席にお別れの一礼と、
今幸せです、
と報告。

「5/2（木）」

父から桜の写真が添付されたメール。
文章は相変わらず片言。
句読点くらい付けて。
死に際みたいなんだもん。

「5/3（金）」

今日からゴールデンウィークとかいうやつ。

普段どこにこんなに隠れてるの、
ってくらい行くとこ行くとこ人がいっぱい。
大きなポイがあったら、
簡単に掬えるのに。
なんて、ふと思った。

［5／4（土）］

何年前かわからないけど、今日が家族でお花見に行った最後の日だったような気がする。
20代の私が、
家族っていいな、って思えた最後の日。
あの頃があるから、
今がある。

［5／5（日）］

実家に帰ってる若林ちゃんからメール。
彼女なりに、極力私の携帯を震わせないように気を遣ってくれてたらしい。でも、我慢できなくなりました、という報告のメールだった。
追伸。実家で少し太りました。
の一行に笑っちゃった。
早く会いたい。

［5／6（月）］

岡本君と初めてスーパーに行った。
カゴをどっちが持つかで少しもめた。
帰りに、長ネギを袋に入れるか、
素手で持つかでまたもめた。
2回手が触れた。

［5／7（火）］

一人でお酒を飲む時間がすごく減った。
この後ろめたさはなんなんだろ。
無理をして飲むのは違うよね。
いったん距離をおいて、

もう一回お互いのこと考え直してみよう。

［5／8（水）］

仕事帰りにたまに寄る薬局のおじさん。
滅多に話しかけてこないのに、なんだかキレイになったね、って言われた。
いつもより早く家に着いた気がした。

［5／9（木）］

普段私に吠える犬が初めて吠えなかった。
飼い主さんも、
あら。
なんて言ってどこか物足りなげな感じだった。
私の周りで色んなことが、
変わりつつある。

［5／10（金）］

シャワーを強く出し過ぎて、

頭の部分が少し暴れた。
冷たい水を出し散らかして、
落ち着いた。
駄々をこねる子供に見えた。

［5／11（土）］

若林ちゃんといちご狩り。
沢山なったいちごは、狩らなくても眺めているだけで十分楽しかった。
自分の時間に浸っているうちに姿が見えなくなった若林ちゃんは、
見ず知らずの外国人に、身振り手振りでいちご狩りの楽しみ方を教えてた。
自分で狩ったいちごより、若林ちゃんが狩ってくれたいちごの方が、
甘かった。

［5／12（日）］

岡本君と散歩中、いつも私に吠える犬と遭遇した。
割と遠めの段階で私に気付いた飼い主さんの顔が、

なんとも言えなかった。
すれ違い際、低く、低く、
ばふ、
とだけ吠えた。
岡本君は、
うん、
って言った。
話はついたみたいだった。

［5／13（月）］

暑い日はやっぱり飲みたくなる。
結局それだけのことだった。
和解。

［5／14（火）］

変に暑くて、エアコンのリモコンを捜したけど見つからなかった。
自分の都合で長い間必要じゃなかったものを捜している時、本当に申し訳ない気持ちになる。
私のこと許してもいいって思えたら、
出てきて。

［5／15（水）］

仕事の合間に税金払いに区役所へ。
婚姻届と離婚届、
初めて見た。
向こうが透けて見えた。
あの紙越しに岡本君のこと見たら、
何か見えるかな？

［5／16（木）］

電車の中にお相撲さん。
あの匂いが好き。
子供の頃よく嗅いでいた、
床屋帰りのお父さんと同じ匂いがする。

［5／17（金）］

襟首の狭い服を着る時に毎回、
頭が抜けたら世界が変わってないかな、
って思ってる。

［5／18（土）］

久しぶりの雨。
雨音を聴きながら横になる。
早く梅雨にならないかな。
雨の日に着たい服、履きたい靴、
さしたい傘が、
沢山ある。

［5／19（日）］

岡本君のお部屋探しにお付き合い。
何件か部屋を見て回った。
住むかどうかまだわからない部屋たちの中に入るのは、
なんだか心がとても痛んだ。

岡本君は新しくてきれいな建物より、
古くてきれいな建物が好きみたいだった。

［5／20（月）］

夢を見た。
昨日見た部屋に岡本君と暮らしていた。
なんでか若林ちゃんも、お父さんもいた。
この類いの夢、久しぶりに見た気がする。
お母さんもいたらよかったのにな。

［5／21（火）］

昨日でお付き合いを始めて1ヶ月。
いつか、ちゃんとその日に言えるようになります。

［5／22（水）］

ふと気付いた。
電車が遅れてないことに違和感を感じてる。

［5／23（木）］

窓を開けて、部屋を暗くして、
足の爪を切った。
誰かわかんないけど、部屋の中に誰かがいた気がした。
いい音するでしょ。

［5／24（金）］

駅のホームで酔っぱらったおじさん同士の喧嘩。
微笑ましい。
喧嘩してる人を見てる人達を見るのが好き。
怪訝そうな顔で見てる人よりは、
にやにやして見てる人の方が好き。

［5／25（土）］

若林ちゃんが行ってみたいと言っていた和食のお店へ。
きれいなお座敷に通してもらった。
立派な掛け軸を見つけた若林ちゃんがそれをめくって、
先輩隠し戸って見たことあります？

って。
笑っちゃった。
もちろんないし。
岡本君といる時間も大事だけど、
彼女といる時間も大事にしたいなって。
そう思った。

［5／26（日）］

岡本君と不動産屋さん。
一緒に住むわけじゃないのに、
毎回くっついて行くのが申し訳ない。
私が夢で見たのと違う方の部屋に決めたみたい。
そうはさせないわよ、
耳元で誰かが囁いた。

［5／27（月）］

純度が高いものを飲んでも、

私の体内に入ると、
低くなるような気がする。

「5／28（火）」

一人でいることに寂しさを感じるようになってきてる。
暗闇が心地いい。
私はひとりだ。
結局ひとりだ。

「5／29（水）」

ぐらぐら、ぐらぐら。
自分が自分じゃないみたい。
私のことなんて忘れて欲しい。
寝る。

「5／30（木）」

何？
なんでこんなに暗くなってるの？

バカみたい。

［5／31（金）］

梅雨入りしたみたい。
梅雨、って書いて、
つゆ。
なんだろ。
うまく言えないんだけど
ずるい。

2013年6月

「6/1(土)」

6月が好き。
雨が降るから。
明日は靴を買いに行こ。
雨しか知らない靴。
雨の時しか履かない靴。

「6/2(日)」

坂道を鼻血を垂らしながら上ってくる5、6歳くらいの子供とすれ違った。
泣きじゃくってたけど、敢えて声はかけなかった。
あの子が坂を下ってたら、
声かけちゃったかも。

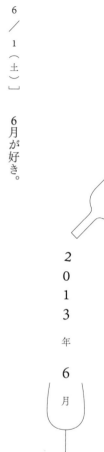

［6／3（月）］

私と同い年くらいで、犬を何匹か連れてる人の笑顔はどこか寂しげに見える。
沢山泣いたあとに見せる笑顔。
そんな感じ。

［6／4（火）］

雨の降らない梅雨。
なんだか6月っぽくない。
6月は、
目を半分だけ開けて過ごしていたい。
雨の音だけを聴いて、
ぼーっと。

［6／5（水）］

なんだろ。
なんとなく、
眉毛、いつもより濃く描いてみようと思ってやってみた。

ブルック・シールズに似てた。
よく言い過ぎかも。

［6／6（木）］

梅雨入りって言われてから初めての雨。
雨音聴きながら一人でお酒。
飲んでなくても酔っちゃいそう。

［6／7（金）］

仕事帰り、前を歩いてるおじさんが傘をさしながら
I'm singing in the rain.
Just singing in the rain.
の部分を延々歌いながら歩いていた。
おじさん、
私もその先知らないの。
雨の時、歌いたくなるの、
わかるよ。

［6／8（土）］

色んな雨があるけど、
夜中に目が覚めた時に聴く雨の音が一番好き。
それが聴きたくて、お酒も飲まずに、
いつもより早く寝てみたけど、
結局次の日のお昼まで寝ちゃった。
私の金曜の夜を返して。

［6／9（日）］

二人で出かけた。
初めて二人で雨に打たれた。
割と見慣れてきたつもりでいた岡本君の顔が、
いつもと違って見えた。
私はどう見えてたかな。
岡本君は雨が嫌いみたい。
私は好き。
雨、も。

2013年 6月

［6／10（月）］

一週間分の天気予報。
全部傘マーク。
自分の星座が占いで1位になった時より嬉しかった。

［6／11（火）］

お昼休みに若林ちゃんとパン屋さん。
若林ちゃんは梅雨が嫌いみたい。
梅雨の時季でもフランスパンってちゃんと堅いんですね、
って嫌そうに言ってた。
レジで、甘いパンばっかり買っちゃってたみたいで、
慌てて戻してた。
飽きさせない子。

［6／12（水）］

私にとって6月12日は、
6×2＝12。
それ以上でもそれ以下でもない。

［6／13（木）］

雨に濡れてるあじさいって、
なんであんなにきれいなんだろ。
ずっと眺めてたら、
お寿司が食べたくなった。
白と紫色の貝のやつ。
あれ、何貝っていうんだろ？

［6／14（金）］

キスした、
とか書く必要ないと思うんだけど、
どうやって記憶に留めておけばいいのかが、
よくわからないから、
とりあえず書いておく。
読み直しませんように。

［6／15（土）］

イギリスになんて行ったことないのに、

イギリスに居た日のことを思い出させる。
そんな天気。

［6／16（日）］

眉毛を濃く描くと、
やっぱりブルック・シールズに似てる。

［6／17（月）］

お蕎麦が食べたかったのに、
なんでうどん、って言っちゃったんだろ。

［6／18（火）］

本を読むふりをして、
車窓に映る本を読む自分とその周りの人を見る。
本持ってる時の私って、
あんな感じなんだ。

［6／19（水）］

取ってないはずの朝刊がポストに入ってた。

久しぶりに折り込みチラシを見た。
クリスマスと年末年始の時季の折り込みチラシが見たい。
子供の頃、あれを見るのが好きだったな。
華やかで夢が沢山詰まってた。
なんだろ。
東京。
って感じ。

［6／20（木）］

今朝も朝刊が入ってた。
いつからだろ。
わざと配って契約させようとしてるのかな？
って思うようになっちゃった。
こういうのはどう？
中学校を卒業して、住み込みで新聞を配っている男の子がたまたま私を見かけて、ん。
書いてる途中にばからしくなったからやめる。

［6／21（金）］

自分の中にある、
今日って、なんか特別な日だったよね…
っていう感覚。
今日もそれ。
でもなんの日か思い出せない。
何の日にしよう。
なんの日か思い出せないから何の日にしようって思った日。

［6／22（土）］

今でこそSALEってすぐセール、って入ってくるけど、
去れ、に見えた時期もあった。
あの頃の私とお酒を飲みながら話してみたい。

［6／23（日）］

若林ちゃんとお買い物。
古着屋さんに入るのが好き。
この服、どこの国のどんな人と一緒に過ごしたんだろう。
手に取って想像する。
買うことは滅多にないけど、
私にとっての古着屋さんてそういう場所。
若林ちゃんはレジの前にあった、木彫りの変な置き物を買うかどうか
真剣に悩んでた。
何か感じません？
って。
何も感じないよ。

［6／24（月）］

帰り道にふと、
スキップって随分してないなって思って、
人けの少ない道でやってみた。

あれだけ確認したのに、
ちゃんと人に見られた。
ちゃんとできてた？
それだけ聞けばよかった。

［6／25（火）］

若林ちゃんの机の上にこの前見た変な置き物。
あの後買ったんだね。
今日からよろしく、
って挨拶だけ。
やっぱり私は何も感じなかった。

［6／26（水）］

神様ごめんなさい。
一度だけでいいんです。
スケボーに乗ってる若者が、
車にはねられるところが見てみたいです。

［6／27（木）］

木曜日にもらうビニール袋は、
よく破れる気がする。
そんなデータ、
ない？

［6／28（金）］

鞄の隅から何に効くのかわからない錠剤が出てきた。
何に効くかわからない薬は、飲んでみて何かに効いてても、
何に効いてるのかわからないんだろうね。
カプセルよりは、
錠剤が好き。

［6／29（土）］

自転車をこいで、
汗だくになって、
夕立に遭って、
坂を上りきった頃には止んで、

2013年 6月

丘の向こうには虹。
ないか。
自転車、乗ってあげないとね。

［6／30（日）］

岡本君の引っ越しのお手伝い。
知らなかった一面が沢山見れた。
しっかりしてなさそうに見えて、
意外と頼りがいのある感じなのかな、
って思ってたけど、
やっぱりしっかりしていなかった。
男性のしっかりとしていない様を、
今までで一番優しい顔で見ていたと思う。

2013年7月

［7／1（月）］

岡本君から椅子をもらったから、今まで使っていた椅子を夜中のうちに家の前に出しておいた。

でも変な時間に目が覚めてやっぱり可哀想で外に見に行ってしまった。

気が付いたら外に出された椅子に座ってしばらく考え事をしてた。

新聞配達のお兄さんにちゃんと見られた。

いっつもこう。

結局捨てられない。

何かと一緒に捨てることにする。

それならまだ、寂しくないでしょ。

［7／2（火）］

夏。

ビール。
汗だくの缶。
汗のとこ、指で拭いて舐めてみたら、
お酒の味がした。
おかえりなさい。

［7／3（水）］

氷に常温のお酒をかけた時にするあの音。
7月が一番いい音がするの。
知ってた？
私は子供の頃から知ってた。

［7／4（木）］

日本の建国記念日には何も思わないのに、
アメリカ独立記念日にはなんでか、
毎年思うところがある。
にしても、なんで去年まで毎年有給取って休みにしてたんだろ。

おかしいの。
ご先祖様にアメリカ人でもいるのかな？
ん。
アメリカに支配されてた何か、
のような気がする。

［7／5（金）］

高い所が怖くなった。
なんとなく気付いてたんだけど、
ずっと気付かないふりをしてた。
だって怖くなかったんだもの。
原因もわからず今まで怖くなかったものが怖くなるって、
すごく怖い。

［7／6（土）］

梅雨明け宣言。
どのテレビを見ても嬉しそうに報道してる。

梅雨ってほとんどの人に嫌われてるのね。
一人くらい、梅雨終わらないで欲しかったです、
って言う気象予報士の人がいてもいいのに。

［7／7（日）］

七夕。
星、とか姫、とか名前に付いてるから、
私みたいな人間にはしっくりこない。
蔵、とか、よね、とかじゃない？
じゃないか。

［7／8（月）］

お風呂を覗かれることへの恥ずかしさがない。
それよりも、新しく買ったベッドが部屋に運び込まれるところを見られる方が、よっぽど恥ずかしい気がする。

［7／9（火）］

若林ちゃんとお昼に冷たいお蕎麦。

親戚にお蕎麦の食べ方にうるさいおじさんがいて、
ひらがなが書けるようになるより先に、
ざる蕎麦の正しい食べ方を覚えた。
若林ちゃんのお蕎麦をすする音は、
とても心地良かった。

［7／10（水）］

スーパーで買い物。
おっきい手羽先の持つとこに巻かれたアルミホイル。
私がアルミホイルだったら、
あそこに使って欲しい。

［7／11（木）］

仕事中、若林ちゃんの携帯のアラームが鳴った。
14時35分、くらいだったかな。
何するつもりだったの？

［7／12（金）］

蚊。
今年初めての。
蚊取り線香の匂いを嗅ぐと、
祖母の家を思い出す。
土曜日の夜、よく泊まりに行った。
祖母の炊くご飯はなんであんなに美味しかったのか、
未だに謎。
教えて欲しかったな。
おにぎりに具が入ってたことは一度もなかったけど、
誰が作ったおにぎりよりも美味しかった。
人のために人生のほとんどを捧げた祖母。
祖母のことを思うと、
自分に子供がいないことなんてどうでもいいって思える。
祖母は父を産んですぐに亡くなった本当の祖母の妹だから。
出産が今の時代ほど安全じゃなかった昔はよくあったことなんだよ、

って聞かされたけど、私だったら、あんな笑顔で話せるかな。
早く結婚しなさい、って言えるかな。
祖母の血が、ほんのちょっと私に入っていることが、嬉しい。
私に子供がいたら、会って欲しかった。

［7／13（土）］

中にいるかもしれない何かが見たくて、
クローゼットをものすごい勢いで開けてみるけど、
未だに確認できたことがない。
もっと、
もっと早く開けないと。

［7／14（日）］

新しく買った家電のコンセントを初めて差す時。
なんであんなに緊張するんだろ。
神秘的よね。
すごく。

［7／15（月）］

タオルケットって幾つになってもくるまってくるまって、
してしまう。

［7／16（火）］

お風呂から上がった8分後にもう一回お風呂に入ってみた。
のぼせた。

何をしたかったのか、
自分に問う時間が楽しかった。

［7／17（水）］

自転車に乗りながら、中島みゆきの時代を歌っている子供がいた。
あの子の親になりたい。

［7／18（木）］

吸い込まれるように中古CDショップへ。
何年かぶりにCDを買った。
カイリー・ミノーグとa－haのアルバム。
400円で昔に戻れる。

安い過去。

［7／19（金）］

エアコン、もう止めてもいいかなって思っても、
気持ちよさそうに揺れるカーテンを見ちゃったら、
もうちょっとつけててあげようかな、って。
そう思ってしまう。
もう。寒いのに。

［7／20（土）］

こぶできちゃった。
こぶって好き。
触ったら痛いけど、触らなかったら痛くないから。
なんか嬉しい痛み。

［7／21（日）］

夏場は料理がしたくなる。
多めに作って、

今日は食べられるかな。
まだ悪くなってないかな。
そう思いながら帰るのが好き。

［7／22（月）］

スポーツジムで走っている人を見て、
その人の視界を想像してみる。

私はこっちでいいや。

［7／23（火）］

若林ちゃんから梨をもらった。
実家から送られてきたみたい。
お店で売ってるのよりも、
小さくて、丸くて、甘かった。
ん？
お店で梨なんて買ったことなかった。

［7／24（水）］

欲しい服を見つけた。
でも買わなかった。
安くなってなかったら、買ってたのかも。
可愛げがないなぁ。

［7／25（木）］

暑くて目が覚めた。
クレープの皮にくるまる夢を見た。

［7／26（金）］

外国人に道を聞かれた。
なんでかよく聞かれる。
次聞かれたらなんで私に聞いたのか、
聞いてみよ。

［7／27（土）］

若林ちゃんが待ち合わせにサングラスをかけてきた。
可笑しかった。

サングラスに映る私はすごく楽しそうに笑ってた。
いつもこの子の前ではこんな笑顔なんだ。
岡本君の前では、
どんな顔してるんだろ。

［7／28（日）］

夏休みの子供達を見て、自分の子供の頃のことを思い出してみる。
よくホースで水を撒いていたような気がする。
あとお盆に火を焚いてた思い出。

原始的な夏休み。

［7／29（月）］

履き慣れた靴、っていうのがないからよく靴擦れをする。
靴擦れって何を、誰を、責めるべきなのかわからない。

［7／30（火）］

結婚してますか？って聞かれて、

結婚してます、って答えちゃった。
ついてもいい嘘。
裁かれない嘘。

［7／31（水）］

幸せなんだけど、
なんか前の方がよかったような気もする。
絶対にそんなことない、ってわかってるんだけど。
夜の海が見たい。
真っ黒の海。

2013年8月

［8／1（木）］

蚊取り線香の香りがする部屋で、
風鈴の音が聴きたい。
畳の部屋で、仏壇があって。
その日だけは、おばあちゃんも、お母さんも、
みんな出てきて欲しい。
受け入れられそうだから。

［8／2（金）］

夏祭りの季節。
私の田舎ではお祭りがある日はお昼に花火が上がる。
今日はお祭りがありますよ、の花火。
だからかな。
花火は見るものっていうよりは、

知らせるもの。

［8／3（土）］

どんな環境でどんな風に育ったら、
海に行って真っ黒になりたいって思うんだろ。
私の中には全くない感覚。

［8／4（日）］

なんとなく、
あと何年くらい生きていられるのかな、なんて考えてみたら、
意外とこの先そんなに長くないとしても幸せな人生だったような気がする。

［8／5（月）］

岡本君が出張で名古屋。
会えないことはもちろんしょっちゅうあるけど、
会える距離にいないことは初めて。
年甲斐もなく、一丁前に、

寂しい。

なんて思ってみたりする。

［8／6（火）］

自転車の二人乗りをしている高校生の男女が警察官に呼び止められて、注意されていた。

その横を、別の二人乗りをした高校生の男女が通り過ぎた。

運命っていうのはある程度決まっているんだよね。

注意されてた二人が、幸せになれますように。

［8／7（水）］

すごく暑いところと、すごく涼しいところの境目が好き。
音がする。
もんわ、
って。

［8／8（木）］

犬が飼い主に向かって吠える。

飼い主がバケツに水を入れる。
犬が伏せる。
飼い主がバケツの水をかける。
犬が体をぶるぶるさせて水を飛ばす。
子供が笑う。
を延々と繰り返してる家族がいた。
幸せそうだった。

［8／9（金）］

暑い日に常温で飲むお酒は悪酔いさせる。
気持ち悪い。
うつ伏せになっても、仰向けになっても、
頭の奥がじんじんする。
もし私がミュージシャンだったら、
いい曲作れそうなコンディション。

［8／10（土）］

岡本君と若林ちゃんとビアガーデン。
日の当たる場所で飲むのも悪くない。
でもやっぱり薄暗い部屋で、
何かを探しながら一人で飲むお酒が、
私は一番好き。

［8／11（日）］

岡本君の新居に初めて泊まった。
勝手につくはずのキッチンの照明が、
私には反応しなかった。
何度も言うけどこういうのには、
慣れてる。
何度でも来てやる。

［8／12（月）］

一緒に出社。
うん。

悪い気はしなかった。
今日くらいは素直になろう。

［8／13（火）］

お盆休み。
岡本君は実家に帰った。
誘わないところが好き。
東京にいない間に書いておく。
好き。

［8／14（水）］

昔から好きな日にち。
8月14日。
私も実家に帰ればよかったかな。
なんとなくつけたチャンネルで高校野球。
みんな高校生なのに老けてて笑っちゃった。
高校時代に、こんなに何かに一生懸命になって泣けたら、なんて思ったらちょっと悔しくなったからお昼からお酒。
色んな勘違いから人様によく追いかけられた私の学生生活は、
きっと間違ってなかった。

［8／15（木）］

もうすぐ休みが終わる。
岡本君とは毎日メールでやりとり。
前々から見たいと思ってたお母さんの写真を送ってもらった。
岡本君に目元がそっくりで優しそうなお母さんだった。
同じタイミングで若林ちゃんからメールがきた。
馬に乗ってる写真が添付されてた。
あの子はどこで何をしてるんだろう。
休みなんてもういらないから、
早く二人に会いたい。

［8／16（金）］

20年前の私に今の私は絶対に想像できなかった。

でも20年後の私を今の私は想像できる。
多分この世にいない。

［8／17（土）］

実家の黒電話が無性に懐かしい。
固定電話は、凶器になり得る可能性を秘めている方が好き。
真っ黒で重くて。

［8／18（日）］

秋になったら自転車に乗ろ。
ここに宣言しておく。

［8／19（月）］

知らないうちに寝ちゃってて、起きたら通販番組がやってた。
チャンネル変えたらまた通販。
もっかい変えてもまた通販。
チャンネル変える時の一瞬の黒みに映る自分が、
とても怖かった。

［8／20（火）］

嘘をつくなら丁寧につきなさい。
もし私に子供がいたら伝えたいこと。
お母さんが私に教えてくれたこと。

［8／21（水）］

若林ちゃんに、流れるプールに行きませんか？
って誘われた。
何かに流されるのも、悪くないかなぁ、
なんて思った。
けどプールに流されてる自分のこと想像したら、
なんだか笑えてきて、結局断っちゃった。
若林ちゃんはきっと上手に流されるんだろうな。

［8／22（木）］

もうこれ以上、上はない、
っていうくらい夏が嫌い。
毎年ちょっとずつ更新してるのかな。

あ、正確には東京の夏。

［8／23（金）］

本来手に取って読まれるべき本たちが、
ビニール紐で縛られてる光景に慣れてきた。
コンビニは便利だけど、あんまり好きじゃない。
コンビニ、だからそれでいいのか。
お酒だけ買って帰る。

［8／24（土）］

天気予報。
私が見ない地方の天気を見ている人がいる、
って思うと、わくわくする。
屋根の数だけ人生がある。
誰かの言葉。
親戚のおじさんとかのかも。

2013年 8月

［8／25（日）］

今週は岡本君に会わなかった。
ん。
会えなかった。
会おうとしたけど会えなかった。
今犬に吠えられたら何するかわからない。
猫の首ねっこを掴んで遠くに投げたい。
ですぐ謝りたい。

［8／26（月）］

無人で走る自転車を追いかける夢を見た。
乗る約束、覚えてるからね。
もしかしたら向こう的には、
乗られたくないのかな。

［8／27（火）］

文字にする分には良い。
口に出してしまったらダメ。

本当に嫌いになってしまう。

［8／28（水）］

仕事終わり、前に住んでた駅で降りてみた。
多分私は昔を懐かしむことで、平静を保ててる。
そんな気がする。
根本が後ろ向き。
新しいことに挑戦するよりは、
かけがえのないものを守り続ける方が好き。

［8／29（木）］

怒るのも怒られるのも嫌。
なんかこれ前も書いた気がする。
よっぽど嫌なんだろうな。
理由があっても私は怒れない。

［8／30（金）］

暗くなるのが少しずつ早くなってきた。

9月の夕方の、あの感じ。
あの感じがもう目の前まで来てる。
新しい靴を買って帰る。

［8／31（土）］

久しぶりに会う時って、
どんな顔して会っていいのかわからない。
ちょっと会わないだけですごく不安で、
自分がわからなくなる。
お酒の前の方がよっぽど素直になれる。

2013年9月

［9／1（日）］

作ったことないけど作ってみる。
バーモントの甘口6、ジャワの中辛4。
なんとなく耳に残ってたこのフレーズを頼りに。
お母さんのカレー。

［9／2（月）］

駅前に桃を売ってる車。
おじさんどこから売りに来てるのかな。
売れなかったとしても、
帰りの車が桃の匂いでいっぱいだったら、
幸せかもね。

［9／3（火）］

桃売りのおじさん、またいた。

ピーチフレーバーで、本当の桃の香りを再現できてるものってひとつもない気がする。
桃をふたつ買って帰る。
農家の人の手、久しぶりに見た。
桃は傷む直前が好き。

［9／4（水）］

薄着で部屋をうろうろ。
元気なく飛んでる虫。
殺す気にもならないくらい元気がなかったから、
なんとなく外に逃がしてあげようと思って、
窓の方にうまく追いやって窓を開けたら、
外から大きい虫が飛び込んできた。
なんか新手の詐欺の手口みたい。
そんなにうちに入りたかったなら居てもいいよ。
ふたりとも。

［9／5（木）］

電話ボックスで電話をしてる外国人がいた。
とても楽しそうだった。
携帯を持つようになってから逆に電話をしなくなった。
あんな表情で電話できることってもうないような気がする。

［9／6（金）］

生きてきた中で、
いちばんきれいな、
よいしょっと、
が言えた。
言おうと思っても言えないやつ。

［9／7（土）］

本当に涼しくなってきたのか、
涼しいふりをしてるだけなのか。
その探り合いをここ何日かずっとやっている。
結論はまだ出ない。

［9／8（日）］

網戸をがりがりする犬が見たい。
犬は飼えないだろうな。
飼うと同時に失った時のこと考えちゃうから。
犬飼ってる人って、失った時の恐怖心ってないのかな。
ほら、やっぱり後ろ向き。

［9／9（月）］

若林ちゃんにお昼に冷やし中華を食べに誘われた。
今年一回も食べてないかも。
お店に行ってみたら、8月いっぱいで終わりましたって。
そう言われた瞬間の若林ちゃんの、
覚悟を決めたような目が可笑しかった。

［9／10（火）］

またひとつ年を取る。
年を取ることの喜びっていったら、
お母さんの年齢に近づいていくことくらい。

な気がする。
生きてる相手には追いつけない。
寂しいなぁ。

［9／11（水）］

なんだか教えたくなくて黙ってたけど、
お誕生日おめでとうのメールが来た。
言ったつもりもないんだけど、
わかってるものなんだね。
試してるつもりが、
結局自分が試されてるような気になる。
常に何かを探って探ってして、
自分てばかだなぁって。
そう思うのでいいし、
きっとその繰り返し。

［9／12（木）］

優しいって思わせるのなんて簡単。
本当の優しさって多分、時間が経ってから、
沁みてくるもの。

［9／13（金）］

若林ちゃんが仕事終わりに誕生日を祝ってくれた。
電車で知らない人と密着するのは嫌だけど、
小さな居酒屋で肩と肩が、
お尻とお尻がくっつくのは好き。
プレゼントに骨董品屋で見つけたらしい髪留め。
家でつけてみて、慣れてきたら外でもつけるね。
ありがとう。

［9／14（土）］

デパートの地下が好き。
試飲させてもらったワインがびっくりするくらい美味しくて、
勧めてくれた店員さんも私の反応にびっくりしてた。

恥ずかしくなって結局買わずに帰ったんだけど、
やっぱりどうしても買いたくて戻ったら、
まださっきの店員さんがいたから、
いなくなるまで時間つぶし。
子供服売り場で母親のふりをしたりして戻ったら、
別の店員さんになってたからやっと買えた。
でも帰りの電車で店員さんとばったり。
ワインの袋、見られただろうなぁ。

［9／15（日）］

9月15日って私の中ではやっぱり、
敬老の日のイメージが強い。
お年寄りを敬った記憶はあんまりないけど、
時季的にも、割と思い出の多い祭日だった。
飼ってた犬が子犬を生んだ日。
それが私の敬老の日。

2013年 9月

［9／16（月）］

幸せな日が続くと、
後ろめたさが欲しくなる。

［9／17（火）］

美味しい紅茶が飲みたいだけなんです。
そんなこと言われたらさ、
ご馳走してあげたくなっちゃうよね。

［9／18（水）］

天性の嗅覚で連絡をしてくる男の人っている。
そういう人って私の中で大体、
ほんとにいい人かほんとに悪いやつのどっちか。
この人はたぶん悪い人。
わかってるんだけどね。
火野正平似。
あの手の顔って、こういうことなのかも。

［9／19（木）］

気が付いたら、テレビの黒画面に映る自分を20分近くぼーっと見てた。
感覚的には何かの番組を見てたような20分間。
私とお酒だけが出てくる20分間。
特番だね。

［9／20（金）］

不意に耳に入ってきたｔｒｆに一瞬だけ心が動かされた。
音楽め。

［9／21（土）］

毎日が淡々と流れていってる。
普段考えないことを考えて一日を過ごしてみようと思った。
今日気付いたこと。
階段を上る時、毎回左足から。
あーもうダメ。
毎回意識しちゃう。

［9／22（日）］

年に1回来る、なんだかクレープが無性に食べたくなる日。今日はその日だった。
先頭で買いに行く勇気はないから、
列ができるのを少し待ってから並ぶ。
確認のための3番目。
前の人に私が食べたいの注文されたら、やだなぁ。

［9／23（月）］

うなぎ屋さんの前を通ったらすごい大量の煙が顔にかかったんだけど、悪い気はしなかった。
もしかしたら誰か後ろについてきてるんじゃないかな、
と思って振り返ってみた。
やっぱり誰もいなかった。

［9／24（火）］

悪意をもって目線を外すと、
人って話すことをやめる。

目の動きだけで何かを伝えることができるし、
感じ取ることもできる。

［9／25（水）］

大好きな9月が終わってしまう。

［9／26（木）］

父から久しぶりの連絡。
親戚のおじさんが亡くなった。
何かを一緒にしたはっきりとした記憶はないけど、
一緒にいるのが気にならない、
私にとっては数少ない苦痛じゃないおじさんだった。
亡くなるなら秋がいいな、って、
心のどこかで思ってたかも。

［9／27（金）］

小さな子供をつい見てしまう。
多分私にあんなに小さくて可愛かった時代って、なかったと思う。

2013年 9月

17歳くらいまでの記憶は、
後から埋め込まれたもの。
なわけないよね。

［9／28（土）］

感情が気候に引っ張られる。
少し湿っていて、んーなんだろ。
朝靄の中にいる感じ。
吐く息が白くなるのも、
そう遠くない気がする。

［9／29（日）］

叩かれたら痛そうなパンを、
これで叩かれたら痛そうだな、って思い始めたら笑って食べられなく
なっちゃった。
あんなに堅いんだもん。
けど食べると美味しいし。

［9／30（月）］

不思議。

深夜に散歩。
近所の小さな公園へ。
そこにある鉄棒にぶら下がってみたくなった。
体が伸びる感覚に一人で感動。
たまたま通りかかった警官に職務質問された。

2013年10月

「10／1（火）」

古本屋さんで自分が昔使ってた国語の教科書を見つけたから買って帰った。
中を見たら自分が使ってたのとは全く別物の教科書だった。
何がそうさせたんだろ。

「10／2（水）」

常温のお酒が飲みたくなる季節。
最近酔わなくなってきた。
血液の中のアルコール分の比率が、
高くなってきたからかな。
好きなだけ飲んでいいよ、ってことなのかも。

「10／3（木）」

夏物をしまう。

あまり着てあげられなかった服はいいハンガーにかけてあげて、
ねぎらいの言葉をかけてあげる。

［10／4（金）］

若林ちゃんに鍋に誘われる。
彼女は鍋が食べたいんじゃなくて、
鍋を食べさせてあげたい人、
なんだろうなぁ。

［10／5（土）］

なんなの。
秋感出し始めたと思ったらまた暑くなるし。
言葉遣いが乱暴になりそう。

［10／6（日）］

お酒を飲んで帰った日に必ず見かけるカップルがいる。
飲んでない日には見られないのかな。
さすがに探す気にはならないものね。

［10／7（月）］

サングラスをかけて、置いてある別のサングラスに映る自分を見る。
サングラスに映る、サングラスをかけた私。
何がしたいんだろ。
置いてあるサングラスに映ってる私に聞いてみて。

［10／8（火）］

久しぶりに社外営業。
相手の方の肩書が支配人、だった。
私は支配されない。

［10／9（水）］

岡本君はアイスコーヒーが好き。
その影響で私も最近飲むようになった。
日曜日の昼下がり、よく両親がコーヒーを飲んでた。
幼かった私は、毎回一口もらうけどあの苦さは理解できなかった。
最近わかるようになってきたよ。
ん、理解はできてないのかも。

好きな人が好きなものを好きになりたい。

我ながらしおらしい。

［10／10（木）］

料理はしてない、と思われるけど実は好き。

で、結局のところしてない。

なんだか今日はすごく手の込んだものが作りたくて、帰りに雑貨屋さんに寄って落とし蓋だけ買って帰ってきた。

でも帰り道にふらっと飲み屋さんに入っちゃって、結局何も作らなかった。

落とし蓋って、落とし蓋以外に使い道がないよね。

そこが愛しい。

［10／11（金）］

会いたい時に限って会えない。

会いたい時に限って別の男性から連絡が来る。

試されてる。

なんでかこの前の営業先の男性の顔がちらつく。

私は支配されない。

［10／12（土）］

若林ちゃんに付き合って家具屋さんへ。

リクライニングソファーが欲しいらしい。

置けるの？って聞いたら、
置けません、って。

私だったら部屋に置ける可能性がないものは多分見に行かない。

それ以上は聞かなかった。

リクライニングソファーに横になって寝返りの感触を確かめてる若林ちゃんを見てたら、
それ以上は聞けなかった。

［10／13（日）］

公園で催眠術ごっこみたいなことをしてる子供がいた。

どこで見たんだろう。

そんな術なんか使わなくても、弱者と強者の関係性を築けたら人を支配することなんて簡単なんだよ、って教えてあげればよかった。

「10／14（月）」

ショック。
半額、っていうワードに心が躍らされた。
自分の中のこの、庶民であろうとしない感覚、は大事にしたい。

「10／15（火）」

缶チューハイの飲み口って、
あんなに鋭利なのに一度も唇を切ったことがない。
それどころかいい思いばっかりさせてもらってる。
甘いお酒でうがい。
布団に入りながらＹｏｕＴｕｂｅで外国の子供の動画を観る。
現実世界で非現実を感じられる時間。

2015年9月

［9／5（土）］

久しぶりに日記帳を開いた。このノートを書き終えるまで、と決めたはずだったのに、急にやめてしまった。

誰かが読むことを想定しないで書いた日記。自分が読み返すことは想定してなかった。

恥ずかしさで顔が熱くなった。過去の自分はもう誰か、なんだね。

じゃあ恥ずかしがることもないんだよ、って自分に言い聞かせる。

［9／6（日）］

若林ちゃんと出かけた。

会員証を作るのってあまり好きじゃない。

お財布の中はもう定員オーバーな雰囲気だし、慣れ親しんだ位置もある。

それでも、若林ちゃんが作った方がいいですよ、って言うから作ることに。

受付の人から失くさないで下さい、って言われてカードを渡されたんだけど、次の説明場所に行く過程で失くしてた。

やっぱり定員オーバーだったんだろうね。

［9／7（月）］

明日の朝食べるつもりのパン。食べちゃった。

［9／8（火）］

賞味期限はあまり気にしない。

なんだか可哀想なんだもの。

そう思って1日2日過ぎたものは割と平気で食べるけどやっぱり美味しさのピークは過ぎている気がする。

小さい頃おばあちゃんの家に遊びに行った時に言われた、
腐ってないやつがいいよね？

が私の原点のような気がする。

［9／9（水）］

もう何年住んでる？
未だに思う。
この街は都会。

［9／10（木）］

相手が自分の送ったメールを読んだか読んでいないかわかるなんて、
私にはいらない。
わからないから焦がれるんじゃない。

［9／11（金）］

誰かに自分の誕生日を祝ってもらえることが、こんなに当たり前に
なったことに驚く。
岡本君と若林ちゃんにご飯をご馳走になった。
最近若林ちゃんに、プロポーズとかで突然踊り出したりするサプライ
ズの動画を色々見せられてたから店員さんが近くを通る度に変にそわ
そわしちゃった。
それに気付いたのか若林ちゃんが、大丈夫ですよ先輩の性格わかって

ますから、って。私、見るのは好きなんですけど、されるのって絶対恥ずかしいですよね、って。

ごめん、若林ちゃん。私、あなたのことああいうことするのもされるのも好きだと思ってた。また彼女のことが好きになった。

岡本君からは帰ってから指輪をもらった。

若林ちゃんからは彼女の声が入った目覚まし時計をもらった。

また彼女のことが好きになった。

［9／12（土）］

夏には申し訳ないけど、少しずつ過ごしやすくなってきた。

会社に行く時は気付かなかったけど、駅前のファストフード店がなくなってた。

なくなっちゃったらなくなっちゃったで街の大事な景観の一部だった気もする。

人も街も、変わるんだよね。

［9／13（日）］

岡本君と出かけた。
こんなに雨が続くのも珍しい。
傘をささなくてもいいくらいの雨の中を傘をささずに長時間歩いて、
結果家に着いた時にはずぶ濡れに近い状態になってた、
っていうのが人生の中で一番多い1年になりそうな予感。
軽度の雨だと傘をささない岡本君に芯の強さを感じる。

［9／14（月）］

取りたくなりそうな位置にほくろがある子に、
それもあなたなの、
って言って回りたい。

［9／15（火）］

電車待ち。
母親の後ろ姿に似た人の後ろに並ぶのが好き。
お母さん、私後ろにいるよ。

2015年 9月

［9／16（水）］

取引先の人と話す時やっぱり薬指を見ちゃう。
薬指の指輪がこちら側のモチベーションになることもあるし、
やる気を削ぐこともあることを知っておいて欲しい。
今日の人のは好感が持てる薬指だった。
奥さん幸せだろうな。

［9／17（木）］

明日の朝食べるつもりのパン。
また食べちゃった。
んもう。

［9／18（金）］

涼しかったからいつもは通らない緑道を通って帰宅。
ヒールが引っかかって、つまずいて思わず、やっ！って声が出た瞬間
大量の鳥が木々から飛び立っていった。
何かを知らせようとしてくれたの…？
とりあえずいったん引き返していつもの道で帰宅。

［9／19（土）］

岡本君と旅行。

私がどんなところで育ったのか見てみたいから、って。

私が男性を連れて帰るのは、中学生の頃大きなお祭りで高校生にナンパされて、夜遅くまで神社で花火をしていた時に補導されて家まで送ってくれた警察官以来。

ただいま。

［9／20（日）］

実家でお寿司を食べる。

出前の漆塗りの器が昔のまんまで懐かしかった。

お父さんと、岡本君と、私。

不思議な感じ。

数の子を見ると、お母さんを思い出す。

お母さんは私があまり好きじゃない数の子と、なんでも交換してくれた。

数の子は交換要員。

お母さん。警察官じゃない人連れてきたよ。

2015年 9月

［9／21（月）］

一緒に電車に乗った。

無人駅、たった2車両の電車、すべてが新鮮だったみたいで見たことのない表情が沢山見られた。

30分に1本しか来ない電車に行き当たりばったりで乗っていた頃が懐かしい。

いかにスムーズに目的地に着けるかを調べるのはもうやめようと思った。

ここにいると、お酒を飲む気がしないことに気付いた。

［9／22（火）］

父が見送りに来た。

自分なりにおめかししたのか、木でできた変な顔のループタイをつけてた。

なんだか若林ちゃんを思い出して思わず笑っちゃった。

実家から帰る時、最初の角を曲がるまで見送り続けてくれた母。

振り返って、いないことは一度もなかった。

何回振り返ってもずっと手を振ってくれていた。
父に見送られたのはこれが初めてだった。
私が列車に乗り込んだら父は見送らずにさーっといなくなった。
帰るのは私なのに、父の後ろ姿を最後まで見送った。
なんだろ。夫婦っていいな、って。
そう思った。
今回も言えなかったけど、やっぱり、ありがとう、
とは思ってる。

［9／23（水）］

実家から帰ったらたまぁになる、
自分がなんでここにいるのか理解できない状態。
今日はそれだった。
なんだか一人で飲みたくなって、入ったことのないお店に。
薄暗くて雰囲気のいいお店。
木目の壁が可愛くて、お酒を飲みながら木目に沿って人差し指を走ら

せてみた。

しっかりと指先が汚れてた。

我に返れた。

そうはさせないわよ、ってことよね。

甘いお酒でうがい。

［9／24（木）］

かなりの頻度で若林ちゃんに起こされる夢で目が覚めるようになった。

目覚まし、元のやつに戻そうかな。

［9／25（金）］

会社に着いてすぐ若林ちゃんに、いつもとどこが違うかわかりますか？って聞かれた。

見た感じどこも変わってなかった。

わかんない、って言ったら嬉しそうに襟元をぺろっと広げて両肩に貼られた湿布を見せてくれた。

見えるか見えないかぎりぎりのところに貼るのにはまってるんで

す、って。
なんでこんなことでこんなに楽しそうにできるんだろう。
私の人生なんてどうでもいいから本当に幸せになって欲しいと思う。
やっぱりしばらく若林ちゃんに起こしてもらお。

［9／26（土）］

酔った勢いで岡本君に、私との年齢差気にならないの？って聞いてみた。
ちょっと考えて、
リスクはあります、って。
こういうタイミングで切り出す一言がいつも絶妙で憎めないの。
なんなの、リスクって。
仕事以外で初めて聞いた。

［9／27（日）］

今のままでいられるなら、結婚なんてできなくてもいい。
そう覚悟を決めた瞬間、私だけが取り残されて周りのものを全部失ってしまいそうで怖い。
でも本当にそう思ってる。
今、一番真っすぐ立ててる気がする。

［9／28（月）］

え、お母さん？
と思ったら鏡に映る自分だった。
誰かに名前を呼ばれた気がして振り返ってみた。
たった今開けたワインの瓶があるだけだった。
久しぶりに少し飲み過ぎたのかもしれない。
お酒、弱くなったなぁ。
寝る。

［9／29（火）］

信号がまだ変わらないうちからつま先に体重が乗ってる時間が嫌い。
急ぐことなんてないの。
そう自分に言い聞かせて重心を戻す。

［9／30（水）］

そういえば近所のあの犬、死んじゃったのかな。
全然見かけなくなった。
室内で私に存在すら知られることなく飼われている行儀のいい犬より
は、雨風の日も自分の小屋で寝て、見かける度に私に吠えてきたあな
たの方がよっぽど愛しく思える。
だってあなたは私のことを知っててくれたから。
一回くらい撫でてみたかった。

2015年 9月

2015年10月

［10／1（木）］

この年になると記憶に残せることって限られてくる。

結局覚えていることって自分にとっての初めての経験ばかりで、子供時代のことの方が自然と思い出せる。

人生の酸いも甘いもある程度経験した後に過ごした30代のことなんて、ほとんど覚えてない。

でも若林ちゃんと出かけた時のことや、話したこと、私にしてくれたことは全部鮮明に覚えている。

彼女の存在って私にとってなんなんだろう、ってふと気になって、一晩中考えてみたけど、結局答えは見つからなくて、そのまま寝ちゃって、でもまた若林ちゃんの声で起こされて。

彼女との時間を大事にしよう、なんて思う必要ないんだろうな。

そんなこと思わなくても、勝手に私の記憶に残ってくれる。

私はずっとあなたにとってかけがえのない存在でありたい。

大好きよ、若林ちゃん。

［10／2（金）］

真夜中に今年の夏一度も着てあげることができなかった新しいワンピースを着て、その上に1枚カーディガンを羽織って自転車で出かける。

暗闇のせいで見えなかったチェーンに突っ込んじゃって、派手に転んだ。

大きな怪我はなかったけど、ワンピースのスカートの部分が破けてた。

私のこと、守ってくれたんだね。

これがあなたの役目だったの?と思ったらなんだか泣けてきた。

自転車の前輪も歪んじゃってて乗れる状態じゃなかった。

自転車を押しながら夜道を歩いて帰った。

途中、たまに行くコンビニで缶チューハイを1本だけ買った。

何度か見たことがある若い店員さんが、大丈夫ですか？って。
その言葉を聞いた瞬間、左足がすごく痛くなってよく見たら血だらけだった。
ちゃんと怪我してた。
飲まずにはいられない。
一連の出来事が、夏の終わりを告げるためのことだったんだろうなぁって思ったら、
全部許せた。

［10／3（土）］

岡本君に付き添ってもらって病院へ。
外科に行くのなんて久しぶりで変にわくわくした。
お医者さんが骨に異常はありません、って。
病院の匂いは嫌いじゃない。
小児喘息持ちだったから、子供の頃よく母と一緒に病院へ行った。
喘息は苦しかったけど、病院に行ったら大きな食堂で一緒に中華そば

を食べさせてもらえたから、私にとって病院って決して嫌な場所ではなかった。

母が入院した時も、お見舞いでよく病院へ行った。

母は癌で食事制限されてたけど、それでも一緒に食堂に行って私に中華そばを食べさせてくれた。あなた、好きだったでしょ？って。

一人で食べる中華そばは味気なかった。

今日は岡本君と一緒に食堂で中華そばを食べた。

正確には醤油ラーメンだったけど。

美味しかった。

病院のラーメンって、ここで食べるからきっと特別な味に感じるんだと思う。

何が思い出になるかなんてわからない。

もう、一人で中華そばは食べたくないな。

お母さんに岡本君と会って欲しかった。

2015年 10月

［10／4（日）］

やだ。昨日、お父さんの誕生日だ。

あとがき

シソンヌじろう

川嶋佳子って誰なの？

よく聞かれる。いつから演じてるの？　モデルにしてる人はいるの？　で、結局のところ誰なの？　…自分でもわからない。気が付いたらやっていた。

降りてきた。

もしこの川嶋佳子というキャラクターが何かをきっかけに世間的に認知されることがあったら、この『降りてきた』という表現はいかにも神秘的で、僕という人間をよりミステリアスに演出してくれる格好の言葉のように思える。
しかし実際の僕の感覚としては『侵された』に近い。
コントのキャラクターであったはずの川嶋佳子は徐々に僕の精神と肉体を侵略し僕の体を利用して川嶋佳子でいようとしているような気さえする。

川嶋佳子のコントをやった日はひげが伸びないのである。

これはもう恐怖である。

川嶋佳子になって撮った写真に、男であるはずの僕の胸が少し膨らんで見えるものもある。川嶋佳子になる度にマーカーで描く右目の下のほくろ、これもいつのまにか消しても消しても薄く跡が残り、あと数年したらほくろになるんじゃないかと思わせる。これに関しては単にマーカーの色素沈着なのじゃないか、という説が有力なのだが。

この日記を書いたのは恐らく彼女であって、僕ではない。読み返しても、こんなこと書いたっけ？と思う箇所がいくつもある。この日記を書いているとき、もしかしたら僕の外見はおばさんになっているのかもしれない。いや、数年後、僕は完全なる女性になっているのかもしれない。

僕は僕でもあり、川嶋佳子でもある。

うだうだと理解し難いことを書いたが結局書いているのは僕なので、僕が彼女の代わりにこの日記について解説したいと思う。

僕は芸人になって1年目の冬に最愛の母を失った。母は僕の芸人としての姿を一度も見たことがない。母を失ってから時間が経つにつれ、僕の作るネタはどんどん変わっていった。登場人物が非常によく死ぬし、愛すべきキャラクターほど、最後に死というオチをつけることが多くなった。

悲しみをいかに笑いに変えるか。気がつかないうちに、それが自分の作るネタのテーマになっていった。この日記に付き纏う物悲しさ。これはやはり母の死が原因なのだと思う。自分で読み返していても、湿地に腰まで浸かっているような気分になる。川嶋佳子はとにかくついていない。しかし彼女は自分の不運を客観的に見て、自分に舞い降りる不幸に意味を持たせることで日常を楽しんで生きている。その姿勢こそが僕がテーマに掲げていることであり、この日記に触れた方に伝えたいことなのである。

些細なことにいらいらして何になる。声を荒げて何になる。起きてしまったことはもうどうにもならないのだ。それが死という人生最大の悲しみであったとしても、それを引きずって何になる。ポジティブになりなさい、などとは言わない。変育っていく過程でネガティブな思考になってしまった人はそうは変わらない。変われない。しかしネガティブな自分を客観視し、ほんとついてないなぁ〜、こんなに不幸が続くものかしらね〜、と自分を嘲笑することはできると思う。この日記を読み終えて日常の見方が少しでも変わったら、なんかあいつ幸薄いけど人生楽しんでるよなぁ、的な川嶋佳子族が増えてくれると思う。

最後に、ケータイよしもとで川嶋佳子の日記を書いてみませんか？と提案して下さった田尻さん、締め切りが迫っていることを優しく報告し尻を叩いて下さった井澤さん、この日記を是非書籍化したい、と冒険をして下さったＫＡＤＯＫＡＷＡ滝本さん、そして佳子さんの雰囲気にぴったりな装画を描いて下さったオガワミホさん、お洒落なカフェにひっそりと置かれていても違和感のないブックデザインをして下さったｔｏｂｕｆｕｎｅの小口さんと岩永さん、皆さんのおかげでこの変な日記が本というひとつの形になりました。関わったことに後悔はありませんか？　僕は心から感謝しています。

母もきっと喜んでいると思います。

ありがとうございました。

川嶋佳子 yoshiko kawashima

お笑いコンビ「シソンヌ」のじろうがコントで長年演じてきた女性。年齢は46歳〜48歳。幼い頃から各地を転々とし雪深い地に落ち着く。就職を機に上京。独身の事務職OL。少々風変わりなところもあるが、真面目で優しい性格。職場の20代の「若林ちゃん」が友達で、恋愛経験は意外と豊富。

シソンヌじろう

1978年7月14日生まれ、青森県弘前市出身。2005年、吉本総合芸能学院東京校(東京NSC)に11期生として入学。2006年、お笑いコンビ「シソンヌ」を同期の長谷川忍と結成。ネタ作成と、主にボケを担当。劇場公演のほかテレビ、ラジオで活躍中。第34・35回「ABCお笑いグランプリ」決勝進出、2014年「キングオブコント」優勝。広島ホームテレビ「ぶちぶちシソンヌ」レギュラーのほか、ドラマ・映画に出演するなど俳優としても活動中。

甘《あま》いお酒《さけ》でうがい

2015年12月29日　第1刷発行
2021年10月5日　第4刷発行

著者　川嶋佳子(シソンヌじろう)
発行者　青柳昌行
発行　株式会社KADOKAWA
〒102-8177　東京都千代田区富士見2-13-3
電話:0570-002-301(ナビダイヤル)

印刷・製本　図書印刷株式会社
ブックデザイン　小口翔平+岩永香穂(tobufune)
カバーイラスト　オガワミホ

ISBN978-4-04-731935-6 C0093　Printed in Japan

●お問い合わせ
https://www.kadokawa.co.jp/(「お問い合わせ」へお進みください)
※内容によっては、お答えできない場合があります。
※サポートは日本国内のみとさせていただきます。
※Japanese text only

定価はカバーに表示してあります。